LE
VASE DE PORCELAINE

SUIVI

DE TROIS AUTRES RÉCITS

OFFERTS A L'ENFANCE

TOURS
ALFRED MAME ET FILS

ÉDITEURS

BIBLIOTHÈQUE

DE LA

JEUNESSE CHRÉTIENNE

APPROUVÉE

PAR Mᵍʳ L'ARCHEVÊQUE DE TOURS

—

5ᵉ SÉRIE IN-12

LE
VASE DE PORCELAINE

DE TROIS AUTRES RÉCITS

OFFERTS A L'ENFANCE

TOURS

ALFRED MAME ET FILS, ÉDITEURS

1877

LE

VASE DE PORCELAINE

LE

VASE DE PORCELAINE

———

Un jour de congé, Auguste était allé jouer chez Édouard, son meilleur camarade. Édouard avait une prodigieuse quantité de joujoux de toute sorte : une belle ménagerie, des soldats de toutes armes, des boîtes d'architecture ; sans compter les polichinelles, les ballons et mille autres choses tout aussi intéressantes. C'était à ne savoir par où commencer. Les deux amis firent d'abord de la ménagerie un beau jardin zoologique, tout comme au jardin des Plantes ; puis il passèrent la revue de la petite armée qu'ils avaient rangée dans un

très-bel ordre ; et, la revue passée, ils se mirent
à construire, l'un une chapelle gothique, l'autre
un arc de triomphe romain.

« Maintenant faisons un château fort du moyen
âge, » dit Édouard en démolissant son arc de
triomphe. Mais ce n'était pas chose facile à édifier
qu'un château fort ; aussi les deux architectes
commencèrent-ils à trouver leur entreprise peu
amusante, et à désirer d'aller faire une partie de
quilles ou de ballon aux Tuileries. Malheureusement, comme Édouard allait prier son père de
les y conduire, il survint une violente averse.
Que faire?

« Si papa voulait nous permettre de feuilleter
ses portefeuilles d'estampes, dit Édouard, cette
vilaine pluie ne serait que moitié mal. »

Il courut demander la permision désirée et l'obtint, mais non sans peine. Les portefeuilles d'estampes étaient sur une table, dans un petit cabinet
rempli de curiosités et attenant à la bibliothèque
de M. d'Alcourt. Ce jour-là même un malheur
était arrivé dans le cabinet. Il y avait sur une des
étagères un grand plat de faïence où était repré-
senté en relief un magnifique maquereau. Nelly,
la chatte angora, ayant par hasard trouvé la porte
ouverte, s'était introduite au milieu des curiosités où certes elle n'avait que faire, et tentée par
l'image trompeuse du maquereau, elle avait sauté
sur l'étagère et avait renversé une précieuse coupe

de cristal de Bohême qui s'était brisée en mille pièces. Et ce malheur était le second du même genre que faisait Nelly : quelques jours auparavant, toujours pour arriver au maquereau, elle avait fait tomber un beau vase de porcelaine qui avait eu le triste sort de la coupe : fâcheux effet d'une imitation trop parfaite de la nature. Quoique Nelly eût eu pour tout profit de ses deux tentatives la peur que lui avaient faite le vase et la coupe en tombant, elle semblait en vouloir encore au maquereau, car on la voyait sans cesse se diriger vers la porte du cabinet.

Il est vrai que, tout en regrettant les deux objets brisés, on avait été fort indulgent pour Nelly, qui était la favorite de toute la maison. Elle avait appartenu à la petite sœur d'Édouard, morte il y avait quelques mois; et pour l'amour d'elle tout le monde aimait Nelly, qui pouvait prendre impunément de grandes libertés. M. d'Alcourt craignait que quelque nouveau malheur n'arrivât, et d'abord il refusa de laisser regarder les estampes; mais les petits garçons promirent d'être bien soigneux, bien tranquilles, et l'on finit par leur accorder ce qu'ils demandaient. Toutes les fois qu'Auguste allait chez Édouard, son père ne manquait pas de lui dire : « Si tu vas dans le cabinet de M. d'Alcourt, regarde, mais surtout ne touche à rien. » M. d'Alcourt, après avoir installé Auguste et Édouard dans un grand fauteuil devant les estampes, leur dit selon sa coutume en sortant :

« Je vous recommande expressément de ne toucher à rien qu'à vos estampes. »

Au bout de quelques instants Mme d'Alcourt vint chercher Édouard, pour aller saluer un de leurs amis qui était venu faire visite et désirait le voir. « Attends-moi, dit Édouard à Auguste ; ne regarde pas de nouvelles estampes avant que je revienne. »

Pendant qu'Édouard était au salon, Auguste se mit à regarder toutes les belles choses qui chargeaient les étagères. Tout à coup la porte, que Mme d'Alcourt avait mal fermée, et qui s'était entr'ouverte, fut doucement poussée, et Nelly entra sournoisement en jetant au maquereau des regards menaçants. Auguste la chassa bien vite, et ferma soigneusement la porte.

Parmi toutes ces curiosités il y avait un beau vase qui semblait à Auguste plus curieux que tout le reste ; il était en porcelaine de Chine, et la peinture représentait une procession de Chinois portant des instruments très-singuliers. Que font donc ces Chinois ? se dit Auguste ; je voudrais bien savoir où ils vont. Or on ne pouvait le savoir que de l'autre côté du vase, et pour cela il aurait fallu le faire tourner. Plus Auguste regardait le vase et les Chinois, plus son envie de savoir où allait la procession augmentait. Il me serait bien facile de retourner ce vase sans l'ôter de sa place, pensa-t-il ; je suis assez grand pour y atteindre sans la moindre peine. Et il éleva ses bras à la hauteur du vase, qui était bien à sa portée. Ne résistant plus au désir qui le pressait, et prenant le vase de ses deux mains, il le fit tourner bien douce- ment. C'en est fait, il va voir ce que signifie cette procession de Chinois. Malheureusement ses bras, qu'il avait tenus tendus quelques instants, retom- bèrent plus vite qu'il n'aurait voulu, et de l'un de ses coudes il toucha un verre ancien à très-haut pied qui fut à l'instant même précipité à terre et brisé comme de raison.

Le pauvre Auguste resta pétrifié d'effroi et de chagrin. Il se rappelait bien d'avoir entendu dire que ce verre, qui était tout doré, était rare et avait beaucoup de prix. Il en contemplait les dé- bris dans une grande consternation.

Mon père et M. d'Alcourt avaient raison; pour- quoi ai-je désobéi? pensa-t-il. Puis l'idée lui vint qu'il pourrait bien dire que Nelly avait fait le mal- heur. C'est ce qui serait peut-être arrivé tout à l'heure si je ne l'avais chassée, se dit-il; le verre était justement devant le plat; personne ne m'a vu. C'est Mme d'Alcourt qui a laissé la porte ou- verte, et pendant que je regardais par la fenêtre, en attendant Édouard, dirai-je... Oh! non, non! ce serait lâche, ce serait honteux. J'ai désobéi, j'en suis puni; mais je ne veux pas mentir, je dirai tout à M. d'Alcourt.

Puis la crainte du mécontentement de M. d'Al- court fit changer sa résolution, il fut de nouveau tenté d'accuser Nelly ; mais ses bons sentiments l'emportèrent.

Bientôt il entendit Édouard rentrer dans la bibliothèque avec son père ; il ouvrit la porte et courut à M. d'Alcourt. « Monsieur, lui dit-il, j'ai désobéi à vous et à mon père, j'ai voulu tourner le gros vase de Chine pour voir toutes les peintures ; mon coude a heurté votre beau verre doré, qui est tombé et s'est brisé.

— Petit malheureux ! s'écria M. d'Alcourt très-fâché, je n'aurais pas dû me fier à vous ni vous permettre de regarder les estampes dans le cabinet. Voilà en huit jours trois pertes irréparables.

— Mᵐᵉ d'Alcourt, reprit Auguste, avait laissé la porte ouverte ; Nelly est venue, et sans doute elle aurait sauté encore sur l'étagère, si je ne l'avais chassée. J'ai eu bien envie de dire que c'était encore elle qui avait fait tomber le verre, mais j'ai mieux aimé venir vous dire la vérité. » Et le pauvre Auguste fondit en larmes.

« Tu as bien fait, lui dit M. d'Alcourt déjà moins fâché ; mais n'oublie pas que tu nous aurais épargné, à toi tout ce chagrin, à moi la perte de mon verre, si tu n'avais pas désobéi, si tu n'avais pas manqué à ta promesse de ne toucher à rien. »

Il n'y avait plus de plaisir possible pour cette après-midi. Auguste s'en alla désolé d'avoir commis deux fautes, mais ayant au moins la consolation de n'avoir pas fait de mensonge.

« Édouard, dit M. d'Alcourt à son fils, ce qui vient d'arriver à Auguste aurait pu t'arriver aussi; mais sache bien que j'aurais mille fois plus de regrets de te voir faire un mensonge pour t'excuser que de la perte de mon plus précieux vase. Suis en cela l'exemple d'Auguste. »

LOUISE LAMBERT.

LES

VOLEURS D'ENFANTS

LES

VOLEURS D'ENFANTS

L'histoire que je vais vous raconter s'est passée il y a une vingtaine d'années dans un village du département du Doubs. Le nom de ce village, je l'ai oublié, mais n'importe : nous l'appellerons, si vous voulez, le Val. Au Val donc vivait, à l'époque dont je vous parle, une veuve, Mme Dumont, avec son fils Julien, jeune enfant de cinq à six ans, un vieux domestique nommé Sylvain, et un chien griffon de moyenne taille, qu'on appelait Barbu, sans doute à cause de la longueur et de l'épaisseur de son poil gris. Cette famille habitait une maison modeste, et rien pourtant ne manquait de ce qui est nécessaire à des gens ayant peu de besoins et le goût de la retraite et de la tranquillité.

Mme Dumont avait vu mourir son mari peu de temps après son mariage ; elle l'eût peut-être suivi de près, si le Ciel ne lui eût accordé, en la faisant mère, le seul présent qui pût la consoler d'une perte aussi douloureuse. Elle reporta sur le fils la tendresse qu'elle avait eue pour le père. Désintéressée de tout ce qui n'avait point rapport à cet enfant chéri, elle s'était retirée à la campagne pour se consacrer exclusivement à ses devoirs de mère, et elle trouvait en les accomplissant des satisfactions que le reste du monde n'eût pu lui donner.

En effet, Julien chérissait déjà sa mère aussi tendrement qu'il était aimé d'elle ; il montrait les plus heureuses dispositions, un caractère doux, une intelligence précoce, et un cœur sensible : même on eût dit qu'il comprenait déjà le devoir de récompenser sa mère des soins qu'elle prenait de lui. Dans ses soins, Mme Dumont était activement secondée par le vieux Sylvain, brave homme qui avait vu naître sa maîtresse, ne l'avait pas quittée depuis, et comptait bien ne la quitter jamais ; il était considéré comme un membre de la famille : il avait la haute main sur l'administration domestique, tenait les cordons de la bourse, cultivait le jardin, et veillait sur sa maîtresse et sur son jeune maître comme sur un dépôt sacré confié à sa garde. Quant à Barbu, il était l'ami et le serviteur de tout le monde, mais surtout de Julien, dont il partageait assidûment les jeux, et qu'il suivait dans toutes ses promenades.

Une seule personne étrangère était reçue avec plaisir chez Mme Dumont : c'était le curé du Val, pieux et vénérable ecclésiastique, qui venait passer parfois la soirée au milieu de la famille, dont il était aimé et respecté comme un père, et que de son côté il considérait presque comme la sienne. Il y avait bien aussi un vieux voisin qui s'introduisait souvent dans la maison; mais il y recevait peu d'accueil. On l'appelait le père Sauvage. Était-ce son vrai nom, ou bien un sobriquet que lui avait valu son existence solitaire? C'est ce que je ne saurais vous dire au juste. Le fait est qu'il était assez mal vu dans le pays. Bien qu'il n'eût jamais fait de tort à personne, il inspirait aux paysans de la défiance et presque de la terreur : on l'accusait d'être sorcier; personne ne savait au juste qui il était, ni de quoi il vivait; personne n'était jamais entré dans sa cabane, qu'il habitait tout seul, et qui était située non loin de la maison de Mme Dumont. Du reste, il paraissait se soucier médiocrement de ce qu'on pensait de lui dans le village; il parlait peu aux paysans, quelquefois au curé, pour lequel il avait tous les égards dus à son caractère, mais qui n'en savait pas plus long pour cela sur les tenants et aboutissants du vieux Sauvage. Aussi s'étonna-t-on beaucoup lorsque, peu de temps après l'installation de Mme Dumont au Val, on vit le mystérieux personnage déroger complétement à ses habitudes vis-à-vis des nouveaux venus. Comme ceux-ci étaient les plus riches, ou, si vous l'aimez mieux, les moins pauvres de l'endroit, les gens malveillants ne manquèrent pas de dire que, s'il voulait avoir accès dans cette maison, c'était pour y commettre quelque vol. Cependant rien ne justifiait cette accusation : la première fois qu'il était allé frapper à la porte, il avait refusé l'argent que Sylvain lui avait offert, le prenant pour un mendiant.

« Alors que voulez-vous? lui avait demandé le domestique.

— La permission de venir quelquefois me chauffer au foyer de votre cuisine, et si, en échange de ce service, je puis vous en rendre quelque autre, soit en vous faisant des commissions, soit en vous aidant dans votre besogne, vous pouvez disposer de moi. Je suis pauvre; mais je ne suis ni un mendiant, ni un voleur, ni un ingrat. On vous fera peut-être ici bien des contes sur moi; mais nul ne vous dira jamais que je lui aie rien pris. »

Mme Dumont fut consultée; elle prit des renseignements auprès du curé; et celui-ci lui ayant dit qu'il tenait le père Sauvage pour un brave homme, malgré ce qu'il y avait de singulier dans sa manière de vivre, la permission lui fut accordée. Toutefois le vieillard put bien s'apercevoir qu'on ne le recevait pas avec plaisir; en vain faisait-il son possible pour se rendre utile : Sylvain lui faisait froide mine; Mme Dumont, trop charitable pour le mal traiter, était peu familière avec lui; quant à Julien, il avait peur de sa grande barbe, de sa grosse voix, de ses grandes mains osseuses et de ses vêtements rapiécés. Chose étrange! le griffon Barbu, fort peu aimable d'ordinaire pour les étrangers, et surtout pour les gens mal mis, était de tous les habitants de la maison le seul qui témoignât de la sympathie au père Sauvage : loin de grogner ou d'aboyer contre lui, chaque fois qu'il le voyait entrer, il allait à lui en remuant la queue, et se laissait volontiers caresser par les mains calleuses du vieux pauvre. Celui-ci se montrait sensible aux amitiés du bon animal, et ne se laissait pas rebuter par la froideur des gens à son égard. Au contraire, il semblait prendre un plaisir de plus en plus grand à fréquenter la maison, et redoublait d'efforts pour gagner la confiance et l'amitié de ses hôtes. C'était surtout Julien qui était l'objet de son attention. Il passait des heures entières à le regarder jouer dans le jardin ou dans la cour ; alors ses yeux devenaient brillants, et son visage prenait une expression telle, qu'il eût été difficile de dire si c'était de plaisir ou de tristesse. Apprenait-il que l'enfant désirât quelque chose, il n'épargnait rien pour le lui procurer ; quand Julien sortait, soit avec sa mère, soit avec Sylvain, Sauvage trouvait un prétexte pour être de la promenade, ou bien il le suivait à distance, évitant d'être remarqué, mais ne le perdant presque point de vue.

Cette conduite singulière avait fini par faire naître dans l'esprit de Mme Dumont cette espèce d'inquiétude que nous causent les objets inconnus ou inexpliqués.

« Vous aimez donc bien les enfants, père Sauvage? demanda-t-elle un jour au vieillard.

— Pas tous, Madame, répondit-il; mais le vôtre... Ah ! si vous saviez comme le mien lui ressemblait quand il avait le même âge?

— Vous avez donc un fils?

— J'en avais un jadis; je ne l'ai plus.

— Il est mort?

— Je n'en sais rien ; mais j'ai tout lieu de le croire. Tenez, bonne dame, voici mon histoire en deux mots. J'étais comme vous, sauf votre respect..., j'étais veuf déjà. Ma femme, ma pauvre Catherine, était morte en donnant le jour à un fils. Ce fils, je l'avais élevé sans l'aide de personne, et bien élevé, allez, jusqu'à l'âge de sept ans. J'habitais avec lui le village de N..., à dix kilomètres d'ici. Un jour, je ne l'oublierai jamais, le 9 avril, jour de la fête du pays, il sortit pour aller voir les danses, les spectacles qu'il y avait; je voulus le rejoindre; je le cherchai toute la soirée; je le demandai à tout le monde : personne ne put me dire où il était. Je passai la nuit à courir les champs comme un fou en l'appelant; impossible de le retrouver. Le lendemain, je m'adressai au maire, au garde champêtre... J'allai à la ville voisine, puis à une autre; je visitai tous les pays d'alentour; rien. Je ne l'ai jamais revu. Désespéré, je quittai N... Le lieu où j'avais perdu mon Jérôme m'était devenu odieux. Je vins au hasard m'établir ici pour y vivre seul avec ma douleur et mes souvenirs. J'y ai vécu quinze ans sans vouloir lier connaissance avec personne. Mais quand j'ai vu votre *jeune monsieur,* il m'a tant rappelé mon Jérôme, que je l'ai pris en amitié; c'est pour cela que j'ai demandé à M. Sylvain la permission de venir chez vous, et que j'y viens, en effet, si souvent. Ah! Madame, que je vous remercie de me l'avoir permis! Quand je vois votre Julien, il me semble que je revois mon fils : il y a même des moments où j'ai envie de vous le prendre? »

Mme Dumont n'avait pu s'empêcher d'être émue en entendant l'histoire du pauvre Sauvage ; et quand il prononça les dernières paroles ; elle serra son fils dans ses bras, comme par un mouvement de crainte involontaire.

« Me le prendre! s'écria-t-elle en regardant le vieillard.

— Oh! ne craignez rien, reprit celui-ci ; je dis cela..., c'est une manière de parler. Je sais trop ce que c'est que de perdre un enfant, pour songer à vous causer ce chagrin-là. »

A partir du jour où cet entretien avait eu lieu, Mme Dumont revint rapidement de ses préventions contre le père Sauvage. Julien se familiarisa avec lui, le défiant Sylvain le prit presque en affection, et tous admiraient l'instinct de Barbu, qui seul avait dès l'abord reconnu en lui un ami de son jeune maître.

Tout alla bien ainsi pendant quelque temps ; mais le bonheur de la famille Dumont fut bientôt troublé par un événement terrible autant qu'inattendu.

Un dimanche du mois de juin, il vint au village du Val une troupe de saltimbanques qui obtinrent du maire la permission de dresser leurs tréteaux sur la place, et annoncèrent pour le soir une grande représentation. Grand émoi et grande joie parmi les paysans. On accourut en foule, non-seulement de tous les coins du Val, mais encore des hameaux environnants. Vous dire en quoi devait consister ce spectacle, c'est ce que je ne saurais exactement ; mais nous pouvons supposer, sans courir grand risque de nous tromper, qu'il comprenait, comme tous ceux du même genre, l'exhibition de quelque femme géante avalant des poulets crus, de quelque sauvage dévorant des sabres, et d'autres monstruosités analogues ; ajoutez à cela les farces du *paillasse*, les gambades d'une danseuse de corde, le tout accompagné d'une musique à écorcher les oreilles les moins sensibles, et vous aurez une idée à peu près complète des divertissements offerts aux habitants du Val.

Julien n'avait pas été des derniers à venir se ranger autour de l'*artiste* chargé d'annoncer la nouvelle à son caisse ; et il était bien vite retourné auprès de sa mère pour la supplier de le conduire au spectacle dont le saltimbanque avait fait, comme on le pense bien, un programme pompeux. Mme Dumont, souffrante ce jour-là, avait d'abord répondu négativement, parce qu'elle ne pouvait sortir ; puis, ne voulant pas refuser à son fils une distraction dont l'occasion ne se retrouverait sans doute pas de sitôt, elle avait décidé que Julien serait conduit à cette représentation par le fidèle Sylvain ; elle recommanda instamment à celui-ci de ne pas perdre l'enfant de vue un seul moment, recommandation à laquelle le brave serviteur promit de se conformer scrupuleusement.

Dans la journée, le père Sauvage vint à la maison ; il était soucieux, et s'assit en silence dans la cuisine, la tête entre ses deux mains, tandis que Sylvain vaquait à ses occupations.

« Eh bien ! voisin, lui dit enfin celui-ci, qu'avez-vous donc aujourd'hui ?

— Je n'ai rien, répondit Sauvage ; seulement, la vue de ces paillasses m'a rappelé des souvenirs ; » puis après une pause : « Est-ce que vous allez voir le spectacle ?

— Madame veut que j'y conduise le petit.

— Quoi ! Madame envoie son enfant dans cette foule ? C'est dans une cohue de ce genre que le mien s'est perdu.

— Oh ! mais vous pensez bien qu'avec moi il n'y a pas de danger : je me garderai bien de le lâcher, ce pauvre petit.

— Hum ! fit Sauvage ; c'est égal, on ne sait pas ce qui peut arriver. Tenez, si vous le voulez, j'irai avec vous. Deux gardiens valent mieux qu'un ; les enfants, c'est si imprudent ; ça veut aller à droite, à gauche ; ça veut tout voir, et un malheur est bien vite arrivé !

— Allons, s'écria Sylvain, n'allez-vous pas me faire peur? Si Madame vous entendait, elle ne voudrait plus laisser sortir Julien ; et ce pauvre chéri, qui a si peu de plaisir, et qui se fait une si grande fête d'aller voir un homme qui mange des couteaux ! il serait inconsolable.

— Ne vous fâchez pas, l'ami, reprit Sauvage ; ce que je vous en dis, c'est l'histoire de vous prémunir ; et puis vous savez le proverbe : Chat échaudé craint l'eau froide.

— Vous avez un peu raison, dans le fait, reprit Sylvain ; j'accepte donc votre proposition. »

Ils en étaient là de leur conversation, lorsque le petit Julien entra en sautillant, suivi de Barbu.

« Eh bien ! Sylvain, dit-il, tu n'es pas prêt?

— Mais il n'est pas encore l'heure, objecta Sylvain.

— C'est égal, pour être bien placé il ne faut pas arriver trop tard ; et puis nous nous promènerons en attendant : il fait si beau ! D'ailleurs maman veut bien que nous partions maintenant... Ainsi !...

— Partons donc, » répondit le bonhomme.

Cependant Barbu s'était approché du vieux voisin pour lui dire bonjour à sa façon.

« Et celui-ci, demanda Sauvage, vient-il aussi au spectacle?

— Oh ! non, répondit Julien : je ne veux pas de lui, on nous le volerait. Non, Barbu, non, tu ne viendras pas. »

L'animal regarda son jeune maître d'un air qui

exprimait à la fois la prière et le reproche, et fit entendre un petit gémissement plaintif; mais Julien et Sylvain furent inexorables.

« A la niche! » dit le dernier.

Puis s'adressant à l'enfant :

« Allons, reprit-il, partons. »

En deux sauts, Julien fut dans la cour.

Mme Dumont s'y trouvait; Barbu s'était réfugié à ses pieds, comme pour en appeler à elle de l'arrêt sévère de Julien.

« On ne veut pas de toi, mon pauvre Barbu? lui dit-elle.

— Non, mère, répondit l'enfant : que veux-tu que nous en fassions? »

Mme Dumont ne répondit rien, et l'animal, comme s'il eût compris qu'il n'y avait plus d'espoir, alla tristement se coucher dans sa niche.

« On a peut-être tort, grommela le père Sauvage.

— Ah! vous voilà, mon brave homme, lui dit Mme Dumont, qui n'avait pas entendu son observation : est-ce que vous allez aussi au spectacle?

— Tout de même, répondit Sauvage : je vas tenir compagnie à M. Sylvain.

— Eh bien! je vous recommande aussi mon fils. Prenez bien garde tous les deux qu'il ne s'écarte. »

Sylvain et Sauvage renouvelèrent l'engagement de ne rien négliger, et Julien sortit avec eux, après avoir tendrement embrassé et remercié sa mère. En le voyant partir, Barbu, oubliant la défense qui lui avait été faite, s'élança pour le suivre : on eut toutes les peines du monde à le faire rentrer ; et quand il vit la porte de la cour fermée devant lui, il se prit à hurler d'une façon presque lugubre.

C'est bizarre, pensa Mme Dumont ; je n'ai jamais vu cet animal montrer tant d'insistance à vouloir suivre son jeune maître. Et elle rentra dans la maison le cœur en proie à un malaise qu'elle essayait en vain de surmonter.

Julien et ses deux compagnons furent bientôt arrivés sur la place du Val. Elle était pleine de monde : vieillards, jeunes gens, femmes, enfants, s'y pressaient en foule. Des tables avaient été dressées sous les arbres devant les cabarets, bon nombre de buveurs y étaient déjà installés, et le choc de leurs verres se mêlait aux rires, aux cris, au brouhaha de la foule : c'était une vie et un mouvement tels, que les plus anciens ne se rappelaient pas d'en avoir vu depuis longues années dans le pays. Au fond de la place, devant la mairie, on avait réservé un espace assez vaste, dont l'accès était défendu au public par des cordes attachées à des pieux fichés en terre de distance en distance. Là le charpentier du village s'occupait, avec ses ouvriers, d'improviser un théâtre et de disposer des bancs pour les spectateurs. Mais ce n'était pas ce travail qui attirait le plus l'attention des paysans ; le groupe le plus nombreux s'était formé devant une grille en bois, à hauteur d'appui, qui fermait une cour latérale de la principale auberge de l'endroit. Au fond de cette basse-cour se trouvait une grange dont la porte ouverte laissait voir les saltimbanques réunis, et se livrant aux préparatifs de leur représentation.

Julien, poussé par la curiosité, entraîna vers ce lieu Sylvain et le père Sauvage, et, malgré leurs efforts pour le retenir, il se fut bientôt glissé jusqu'à la grille; une fois là, la tentation le prit de voir de plus près encore les personnages chamarrés qui occupaient la grange; il poussa donc la grille, traversa la cour, et vint se poser debout devant les artistes ambulants, dont il se mit à suivre tous les mouvements.

« Tiens, dit un grand gaillard de dix-huit ans environ, sur la tête duquel se balançait une couronne de plumes, et qui tenait à la main une massue de carton : qu'est-ce que tu nous veux, *moutard?* » Et il fit le moulinet avec sa massue.

L'enfant poussa un cri, et il fit un bond en arrière.

« Laisse donc cet enfant, *Dur-à-Cuire,* cria une femme de la bande en s'adressant à l'homme habillé en sauvage.

— N'aie pas peur, mon petit, ajouta-t-elle en donnant une tape amicale sur la joue de l'enfant, je te permets de rester là, moi, et même d'entrer, si tu le veux.

— Merci, Madame, s'écria l'enfant tout joyeux.

— Hé! *Guignolet!* fit la femme, se tournant vers un individu d'une soixantaine d'années, vêtu d'une vieille pelisse grise par-dessus un costume formé de lambeaux d'étoffes de diverses couleurs, et qu'à son ton d'autorité il était facile de reconnaître pour le chef de la troupe.

— Qu'est-ce que tu me veux encore, *Couleu-vrine?* répondit-il en s'approchant : ne vois-tu pas que je suis occupé? »

Quels drôles de noms ils ont, ces gens-là ! pensa Julien. De quels pays peuvent-ils être?

« Guignolet, reprit Couleuvrine en parlant à l'oreille du saltimbanque, qu'est-ce que tu dis de ce petit-là? Est-ce qu'il ne ferait pas notre affaire, hein ?

— Dame ! fit Guignolet, peut-être bien ; nous manquons d'un enfant pour les tours de gentil-lesse depuis que Dur-à-Cuire est devenu grand, et qu'il a pris le rôle de sauvage.

— Eh bien ! si nous l'emmenions, ce petit? A cet âge-là on a encore les os tendres ; avec quelques bâtons de sucre d'orge d'abord et quelques coups de martinet ensuite, nous en viendrons à bout.

— Ça va, dit Guignolet. Alors, au lieu de ne partir que demain matin, nous filerons cette nuit après souper.

— Oui...; mais qui est-ce qui se charge de la capture ?

— *Jocrisse,* parbleu ! Avec son air de n'y pas toucher, il s'en tirera à merveille.

— Jocrisse !

— Voilà, bourgeois, » répondit du fond de la grange un garçon mince comme un échalas.

Ce nouveau personnage portait un bonnet de police sur lequel étaient cousus des rubans d'une nuance indéfinissable, une veste grise galonnée, une culotte à raies vertes et jaunes, des bas bleus et des pantoufles déchirées retenues avec des ficelles aux pieds, que, sans cette précaution, elles eussent certainement abandonnés à la première occasion.

« Jocrisse, lui dit Guignolet, tu vois bien ce petit monsieur qui est en train de jouer avec les grelots du chapeau chinois?

— Oui, bourgeois; *il frappe ma vue,* fit Jocrisse d'un ton emphatique.

— Eh bien ! il nous le faut.

— Pour quand?

— Pour cette nuit.

— Suffit, bourgeois, j'en fais *mon département.*

— Surtout, ajouta Couleuvrine, que Dur-à-Cuire ne s'aperçoive du coup que quand il sera fait. Tu sais que, tout sauvage qu'il est, il a la faiblesse de professer des sentiments religieux ; il serait capable de trouver que nous commettons un vol et de nous jouer quelque mauvais tour.

— Oui, observa Guignolet; ce n'est pas un bon sujet que Dur-à-Cuire. Il se montre peu reconnaissant de mes soins paternels et de l'*éducation* que nous lui avons donnée. Ah ! s'il ne nous gagnait pas mal de gros sous par sa force et son adresse, il y a déjà longtemps que je lui aurais retiré ma protection et donné son compte. Ne me parlez pas des gens vertueux.

— Soyez tranquille, dit Jocrisse ; je vous dis que je me charge de tout, et que Dur-à-Cuire et tous les autres n'y verront que du feu. Seulement il faut que vous me donniez la clef de votre pharmacie.

— La voici, répondit Guignolet en remettant une clef à Jocrisse, et je t'alloue en outre vingt sous pour tes frais de sucre d'orge, et vingt autres sous pour toi si tu réussis. »

Avant la fin de cette conversation, dont personne, si ce n'est les interlocuteurs, n'avait entendu un mot, Sylvain était parvenu, non sans peine, à se frayer un passage jusque dans la cour ; et, prenant Julien par la main, il l'avait arraché de cette vilaine société en le grondant fort, et en l'assurant que, s'il s'éloignait de nouveau, on le ramènerait aussitôt à la maison. Mais Jocrisse n'avait pas pour cela perdu de vue sa proie. « Je le rattraperai bien, » avait-il dit à son digne chef ; et il était allé passer par-dessus son costume une blouse et un pantalon, changer son bonnet de police contre un chapeau de paille, et remplacer ses pantoufles par des sabots ; puis avec la clef que lui avait donnée Guignolet, il ouvrit une caisse dans laquelle il prit une fiole qu'il mit dans sa poche.

Cependant le père Sauvage avait pénétré avec

Sylvain dans la cour de l'auberge; mais, une fois là, au lieu de s'occuper comme lui de Julien, il s'était arrêté en face de l'individu que nous avons entendu appeler Dur-à-Cuire, et qui, comme nous le savons, était déguisé en sauvage. La physionomie de ce jeune homme l'avait frappé, et il s'était senti attiré vers lui par une sympathie instinctive qu'il s'expliquait d'autant moins, que Dur-à-Cuire lui était complétement étranger, et exerçait d'ailleurs une profession pour laquelle le père Sauvage était loin d'avoir de l'estime. Quoi qu'il en soit, Dur-à-Cuire s'aperçut bientôt de l'attention dont il était l'objet, et, croyant qu'elle s'adressait uniquement à son costume, il se retira dans la grange, et s'assit dans un coin. Mais Jocrisse, qui, tout en se préparant pour son infâme expédition, avait vu Sylvain entrer dans la basse-cour avec le père Sauvage, et emmener l'enfant, jugea qu'en faisant connaissance avec le compagnon du vieux domestique il arriverait plus aisément à son but. S'approchant donc de Sauvage et lui frappant sur l'épaule :

« Il ne faut pas rester là, mon vieux, lui dit-il : c'est contre la consigne, et si tout le monde se permettait comme vous d'entrer ici et de venir regarder les *artistes* sous le nez, vous comprenez que ce ne serait plus la peine de donner une représentation payante.

— J'étais venu avec un ami pour chercher cet enfant qui était là, répondit le père Sauvage.

— Je ne dis pas non, repartit Jocrisse ; mais puisque votre camarade a emmené le petit... Après cela, je ne voudrais pas vous fâcher : au contraire, et même si je pouvais vous être utile à quelque chose, vous n'avez qu'à parler ; mais vous savez, *faut que tout un chacun* gagne sa vie en ce monde.

— Sans doute, aussi je m'en vais.

— Moi, je sors également : je vas boire un coup ; et si vous voulez me faire *celui* de trinquer avec moi...

— Merci, mais il faut que j'aille retrouver mon camarade.

— Eh bien ! votre camarade ne sera pas de trop : seulement ne lui dites pas ce que je suis, parce que ça l'*offusquerait* peut-être de faire société avec un *acteur,* quoique ce soit un métier comme un autre ; mais il y a un préjugé contre les *gens de théâtre,* et moi je suis d'avis qu'il faut respecter les préjugés.

— Comme il vous plaira, répondit Sauvage. Venez donc avec moi, et nous allons tâcher de retrouver mon compagnon. »

Accepter ainsi l'invitation de Jocrisse et se montrer si empressé de condescendre à son désir de garder l'incognito, Sauvage ne l'eût certainement pas fait dans une circonstance ordinaire ; mais dans celle-ci il avait, pour vouloir gagner les bonnes grâces de cet homme, de puissants motifs, et les voici.

Je vous ai dit tout à l'heure qu'en arrivant près de la grange de l'auberge il s'était arrêté devant Dur-à-Cuire, et qu'il l'avait considéré attentivement. Eh bien, en cherchant à se rendre compte du sentiment instinctif que la vue de ce garçon avait fait naître en lui, il n'avait pas tardé à en trouver la cause dans une ressemblance frappante du jeune saltimbanque avec la pauvre défunte Catherine, et même avec cet enfant chéri dont il pleurait encore la disparition mystérieuse.

Si c'était lui! avait-il pensé aussitôt. C'est peu vraisemblable...; pourtant il n'est pas rare de voir des baladins s'emparer des enfants perdus par leurs parents, ou même les voler, afin d'en faire les instruments de leur métier, de les instruire dans ce qu'ils appellent *leur art*, et de s'en servir pour intéresser ou amuser le public. Et qui sait si Dieu, dans sa miséricorde, prenant pitié de mon chagrin, ne permettra pas que je retrouve enfin, parmi ces misérables, mon fils bien-aimé?

A cette idée, un éclair d'espérance avait traversé le cœur du malheureux père, et il songeait aux moyens d'éclaircir ce mystère, lorsque Jocrisse, dans le but coupable que vous savez, était venu lui adresser la parole. Le père Sauvage, qui ne se doutait pas du piège caché sous l'affabilité du raccoleur de la bande, y avait vu une excellente occasion d'obtenir des renseignements sur Dur-à-Cuire; et voilà pourquoi il acceptait avec si peu de cérémonie l'offre traîtresse de Jocrisse.

« Vous faites partie de la troupe? lui demanda-t-il, chemin faisant, du ton le plux doux qu'il put prendre.

— Oui, Monsieur, pour vous servir, répondit l'autre. C'est moi *qu'est le Jocrisse,* comme qui dirait le *paillasse* (car c'est tout un); c'est moi qui dis les bêtises pour faire rire le monde; c'est aussi moi qui reçois les taloches, et qui fais les commissions.

— Et y a-t-il longtemps que vous êtes là?

— Comme qui dirait depuis une huitaine d'années. J'avais toujours eu de la vocation pour *le théâtre.*

— Ce grand garçon que j'ai vu là habillé en sauvage..., y était-il avant vous? »

Oh! oh! pensa Jocrisse, qui savait font bien par quel moyen peu honnête on avait enrôlé Dur-à-Cuire, est-ce que le vieux veut me faire jaser? plus souvent! Puis, parlant avec une certaine hésitation :

« Avant moi? dit-il, pardine! puisqu'il est le fils au bourgeois, lui, vous pensez bien qu'il a été élevé là dedans.

— Le fils de votre chef?

— Eh! oui, de Guignolet.

— En êtes-vous bien sûr? insista le père Sauvage en regardant fixement son interlocuteur.

— Dame..., oui..., sans doute, répondit celui-ci sans pouvoir cacher un trouble qui n'échappa point au bonhomme... Mais qu'est-ce que vous avez donc après lui ? Est-ce qu'il vous doit de l'argent ?

— Non, mais...

— Ah! tenez, interrompit Jocrisse, voici votre camarade, avec son *moutard*. *C'est-y* à lui ce petit?

— Non; il est chargé par la mère, dont il est le domestique, de lui faire voir le spectacle.

— Bon! je me charge de vous faire bien placer tous les trois... Mais *motus!* Vous savez ce qui est convenu?

— Soyez tranquille, mon ami...; mais dites-moi, ce jeune homme que vous appelez *Dur-à-Cuire...* »

Ici Jocrisse l'interrompit de nouveau, ne se souciant pas de revenir sur ce sujet.

« Il vous cherche, votre camarade : comment que vous l'appelez?

— Sylvain...

— Hé! monsieur Sylvain! » cria Jocrisse.

Sylvain se retourna, et voyant le père Sauvage : « Ah! vous voilà! lui dit-il.

— Oui, *que le voilà*, répondit Jocrisse : il n'était point perdu, allez; » puis, tirant doucement la manche de Julien : « Bonjour, mon petit homme, » fit-il d'une voix qui voulait être caressante.

Sylvain regarda d'un air méfiant le nouveau venu, et, se penchant à l'oreille du père Sauvage : « Qui est-ce là? lui demanda-t-il bas.

— C'est, répondit Sauvage à haute voix, une

ancienne connaissance, un garçon de mon pays, que j'ai rencontré là-bas dans le groupe auprès de l'auberge.

— Il est gentil, au moins, votre petit, dit Jocrisse en s'adressant à Sylvain : on voit bien que c'est un enfant de gens comme il faut... Ah çà! mais, j'ai soif, moi, et je parie qu'il a soif aussi, lui : n'est-ce pas, petit?

— Oui, fit l'enfant; Sylvain, j'ai soif.

— Eh bien, asseyons-nous là, » continua Jocrisse en s'installant à une des tables dressées devant un cabaret, et en invitant ses compagnons à l'imiter.

Sylvain voulait refuser; mais le père Sauvage lui fit signe qu'il convenait d'accepter, et lui-même s'assit à côté du saltimbanque, tandis que Sylvain et Julien prenaient place de l'autre côté de la table. On apporta des verres et du vin, et la conversation continua, Jocrisse essayant de pousser ses deux nouvelles connaissances sur le compte de l'enfant et de flatter celui-ci par des paroles amicales, tandis que le père Sauvage, de son côté, tentait de vains efforts pour obtenir au sujet de Dur-à-Cuire des renseignements véridiques.

Il faut que je le fasse boire pour lui délier la langue, se dit-il enfin; et il demanda une seconde bouteille.

« Bravo! vieux, s'écria Jocrisse en remplissant les verres; quand il fait chaud comme cela, on a le gosier sec; ainsi buvons!

« — Et le *chérubin*, est-ce qu'il ne boit pas aussi un petit coup?

— Avec de l'eau, fit Sylvain.

— Si on lui offrait une petite friandise? » dit encore Jocrisse. Et il appela un des marchands qui promenaient leurs gâteaux sur la place, acheta une brioche et l'offrit à Julien, que cette générosité acheva de gagner. Puis, profitant d'un moment où Sylvain et le père Sauvage avaient les yeux tournés d'un autre côté, il versa dans leurs verres le contenu de la fiole empruntée à la pharmacie de Guignolet.

« A vos santés! dit-il ensuite en levant son verre.

— A la vôtre! » répondirent-ils; et les verres furent vidés.

Le père Sauvage, résolu à enivrer Jocrisse, versa de nouveau à boire à celui-ci, et remit la bouteille sur la table.

« Eh bien! observa le saltimbanque, et vous autres, vous ne buvez plus?

— Si fait, si fait, » répondit Sauvage. Il se versa quelques gouttes de vin, et en offrit à Sylvain, qui refusa, en s'excusant sur ce que d'habitude il ne buvait guère que de l'eau.

Vous avez beau faire, mes bons amis, se dit Jocrisse, vous êtes *pincés* maintenant; et quant à moi, je ne me grise pas si facilement que tu le penses, vieux sournois.

En effet, Jocrisse, habitué à la boisson comme les gens de sa sorte, et d'ailleurs obligé de se tenir sur ses gardes, pour mener à bonne fin son entreprise, ne buvait qu'autant qu'il le fallait pour qu'on ne se doutât de rien. Ses deux commensaux, au contraire, ressentirent bientôt l'effet, non pas du vin, dont ils n'avaient pris qu'une petite quantité, mais de la liqueur malfaisante que Jocrisse y avait mêlée. Leur tête devint lourde, leur vue s'obscurcit, leurs idées se troublèrent, et Jocrisse ne manqua pas de profiter de cet état pour leur faire avaler quelques verres de vin de plus, qui achevèrent de leur ôter l'usage de leurs facultés. Ils tombèrent la face contre la table, dans un profond engourdissement.

« Tiens ! dirent quelques paysans qui les connaissaient, *v'là-t-y pas* M. Sylvain et le père Sauvage qui sont *dedans !*

— Ne m'en parlez pas, répondit Jocrisse avec une impudence sans pareille. Heureusement que je suis là pour avoir soin de l'enfant ! »

Celui-ci, trop jeune et trop bien élevé pour avoir la moindre idée de l'horrible effet que peuvent produire sur l'homme le poison et le vin (le vin, qui peut devenir aussi un poison pour l'âme et le corps à la fois), crut naïvement que ses deux gardiens étaient endormis. D'ailleurs, ce qui alors le préoccupait avant tout, c'était le spectacle.

L'heure de la représentation était venue ; les tréteaux étaient dressés ; la musique se faisait entendre, et les bancs se remplissaient de spectateurs.

« Nous n'aurons plus de place, disait Julien les larmes aux yeux. Sylvain ! père Sauvage ! criait-il ; venez donc ! Je ne verrai rien ; vite ! venez ! »

Mais Sylvain et le père Sauvage ne donnaient pas signe de vie.

« Viens avec moi, mon petit, dit Jocrisse, et tu verras mieux que tout le monde, et sans payer, encore !

— Vrai ? s'écria l'enfant. Oh ! quel bonheur ! »

Et il suivit sans défiance et en sautant de joie son guide, qui, en effet, le plaça sur l'estrade même, auprès des saltimbanques, dont Julien put admirer les farces tout à l'aise.

Il faut bien le dire à la honte du pauvre Julien : tant que dura le spectacle, il ne songea pas à autre chose ; il oublia et Sylvain et le père Sauvage, et même sa mère, sa bonne mère, qui, restée au logis, priait Dieu pour qu'il n'arrivât point malheur à son enfant.

Ce fut seulement lorsque tout fut fini que, las et tourmenté par la faim et le besoin de dormir, il témoigna le désir d'aller retrouver son vieux domestique et de regagner sa maison. Mais cela ne faisait pas le compte des misérables qui l'avaient traîtreusement attiré parmi eux, et ne prétendaient point le lâcher. Toutefois on lui promit de le reconduire auprès de sa mère, mais seulement après le souper.

« Non, dit l'enfant ; je veux m'en aller tout de suite : maman nous attend ; je veux m'en aller.

— Eh! sois donc tranquille, lui répondit Guignolet, tu vas t'en aller; mais nous avons faim, nous autres; et tu dois avoir faim aussi, toi. Tu vas souper avec nous, et puis après Jocrisse te reconduira chez ta maman. »

Julien insistait, car ces vilaines gens lui faisaien peur; mais on ne l'écouta pas, et on l'emmena, bon gré, mal gré, dans la grange où campait la troupe.

« Ah çà! dit Dur-à-Cuire à Guignolet, qu'est-ce que vous lui voulez à cet enfant-là? Vous voulez le voler, je vois bien cela. C'est une infamie d'enlever ainsi un fils à sa mère!

— Oh! vas-tu nous faire encore de la morale, toi? répondit le vieux saltimbanque. Laisse-moi un peu faire mes affaires, hein! et mêle-toi des tiennes.

— Ces affaires sont les miennes aussi bien que les vôtres, et je ne veux pas partager avec vous la responsabilité d'un tel acte devant Dieu et les hommes.

— Eh! qui te prie de la partager, la RES-PON-SA-BI-LI-TÉ? repartit Guignolet, en appuyant à dessein d'un ton moqueur sur ce dernier mot.

— Je la partagerais si je vous laissais commettre ce crime. N'est-ce pas assez que vous m'ayez, moi aussi, ravi jadis à mes parents, et forcé de vivre avec vous, d'exercer un métier que j'ai en horreur?

— Ingrat! s'écria Guignolet; c'est donc ainsi que tu me récompenses de mes bontés?

— Vos bontés! fit Dur-à-Cuire avec un geste de mépris et d'indignation; je vous conseille d'en parler. Enfin je vous dis que je veux qu'on rende ce garçon à sa mère...

— Tu veux!... tu veux!... Qui donc est le maître ici?

— Et si vous ne le lui rendez pas, moi je le lui rendrai.

— Toi! avise-toi de cela, et tu auras affaire à moi. »

La dispute arrivée à ce point, on ne tarda pas à en venir aux coups. En combat singulier, Dur-à-Cuir eût triomphé sans peine de son adversaire; mais il était seul contre plusieurs, car tout le reste prit fait et cause pour le chef. En peu d'instants le malheureux fut terrassé, garrotté; on lui mit un bâillon dans la bouche pour l'empêcher de crier, et on le jeta dans un coin de la grange, où on le laissa se débattre.

Julien, quoique ne comprenant rien à cette scène, avait de plus en plus peur, pleurait à chaudes larmes, et appelait en vain sa mère, le vieux Sylvain et le père Sauvage.

« Faut pas pleurer, lui dit Couleuvrine, il n'y a pas de mal; seulement, vois-tu, cet homme-là c'est un sauvage féroce. Tu as vu tout à l'heure comme il avalait des pigeons tout crus et sans les plumer; il a des moments de rage, et si nous l'avons battu et lié, c'est pour l'empêcher de te manger; mais maintenant tu n'as plus rien à craindre; il ne peut plus te faire de mal. Allons, à la soupe, vous autres, » ajouta-t-elle en se tournant vers les saltimbanques.

Ceux-ci ne se le firent pas dire deux fois, et s'assirent sur des caisses, sur des paquets de hardes, ou même à terre, autour d'une vaste marmite contenant un ragoût de pommes de terre fort délayées où nageaient quelques morceaux de viande, et où ils se mirent tous à puiser à la fois avec des fourchettes et des cuillers d'étain. On donna à Julien une petite écuelle de ce ragoût, un morceau de pain, et un gobelet d'eau rougie, dans laquelle Guignolet avait eu soin de verser quelques gouttes de la même liqueur dont Jocrisse s'était servi pour endormir Sylvain et le père Sauvage. Un enfant qui a faim et soif n'est pas difficile sur le choix des aliments. Julien mangea et but, tout en essuyant ses larmes, espérant qu'après cela on tiendrait enfin la promesse qu'on lui avait faite de le ramener chez sa mère; mais à peine eut-il avalé le funeste breuvage qu'il tomba promptement dans un sommeil ou plutôt dans une léthargie qui lui ôta complétement l'usage de ses sens. Quand Guignolet le vit dans cet état, il le coucha dans une grande boîte longue au fond de laquelle on avait étendu de la paille, et dont le couvercle était percé de trous pour livrer passage à l'air extérieur; et il donna ordre de placer cette caisse sur les autres dans la grande voiture recouverte d'une toile cirée qui servait à transporter d'un pays à l'autre les saltimbanques et leur bagage.

Pendant que cette opération s'exécutait avec la rapidité qu'exigeaient les circonstances, il prit à part ses deux fidèles confidents, Couleuvrine et Jocrisse.

« Ce n'est pas tout, leur dit-il ; si nous n'y prenons garde, Dur-à-Cuire nous jouera un mauvais tour ; il est capable de nous dénoncer.

— Que faire ?

— Quant à moi, j'ai depuis longtemps, comme je vous le disais ce matin, envie de m'en débarrasser.

— Ce serait peut-être le mieux, fit Couleuvrine ; après tout, nous trouverons bien un autre sauvage ; celui-ci n'est pas déjà si fameux, et il devient de plus en plus gênant pour nos opérations.

— Pour moi, opina Jocrisse, je ne dis pas que le bourgeois ait tort ; mais nous en débarrasser, c'est plus facile à dire qu'à faire : car comment nous en débarrasser ? En le renvoyant, ce serait nous perdre, puisqu'il n'aurait rien de plus pressé que d'aller faire sa déclaration à l'autorité.

— Aussi, interrompit Guignolet, n'ai-je pas du tout l'intention de le lâcher.

— Alors que prétendez-vous faire ?

— Dame ! tu ne devines pas ?

— Non, à moins que vous ne vouliez le... » Jocrisse compléta sa phrase par un geste hideux, qui prouvait qu'il avait compris.

« Pourquoi pas? fit Guignolet avec un rire affreux.

— Ce serait bien pis, dit Jocrisse. Merci ! pour ma part, je ne m'en mêle pas : je n'ai pas envie de faire connaissance avec le bourreau.

— Alors, que faire? répéta Guignolet.

— Nous verrons. Selon moi, le plus pressé est de *décamper;* puis, en attendant que nous ayons pris un parti, nous ferons en sorte d'empêcher Dur-à-Cuire de nous contrarier. Avec quelques bouts de corde de plus, ça n'est pas difficile; et quand il verra qu'il n'y a rien à gagner à vouloir faire le méchant, peut-être consentira-t-il à se tenir en repos.

— Je suis d'accord avec Jocrisse, moi, fit Couleuvrine; il parle comme un livre.

— Le fait est qu'il n'est pas sot, dit Guignolet. Eh bien donc, en route ! Toi, Jocrisse, je t'investis de ma confiance, et je te charge de veiller sur les prisonniers. »

Jocrisse requit un de ses camarades, avec l'aide duquel il saisit Dur-à-Cuire, dont il doubla les liens de manière à lui rendre tout mouvement impossible, et qu'il jeta comme un sac dans le fond de la voiture, non loin de la caisse où gisait son infortuné protégé. Quelques instants après, la voiture, chargée du matériel et du personnel de la troupe, roulait sur la route aussi vite que le lui permettaient sa lourde charge et les jambes peu robustes des deux vieux chevaux qui la traînaient.

La matinée du jour suivant était déjà fort avancée, et les voyageurs étaient à une certaine distance du Val, quand Julien sortit de son léthargique engourdissement. Il poussa des cris perçants, lorsqu'au lieu de se retrouver dans son lit auprès de sa mère, il se vit couché sur de la paille au fond d'une caisse.

Jocrisse lui ouvrit sa prison, et essaya d'abord de le calmer par une douceur hypocrite. Mais le pauvre enfant n'entendait rien.

« Maman! maman! et toi, bon Sylvain, où êtes-vous? Ma mère! rendez-moi ma mère! » criait-il avec des sanglots qui eussent fendu le cœur à des gens moins scélérats que n'étaient ces saltimbanques.

Alors Guignolet jugea qu'il était nécessaire d'employer la force, et menaçant Julien de son fouet :

« Vas-tu te taire, maudit gamin! » lui dit-il d'une voix aigre. Et, voyant qu'il pleurait toujours, il lui allongea un coup de fouet qui lui fit une grande marque rouge sur le visage.

« Je te ferai *brailler,* moi, ajouta-t-il. Il faut obéir et filer doux ici, entends-tu?

— Grâce, mon bon monsieur, supplia Julien; je ne vous ai rien fait. Dites-moi où est maman, je vous en supplie!

— Est-ce que je le sais, moi? Tu n'en as pas

besoin de ta mère; nous te donnerons tout ce qu'il te faut; mais si tu ne files pas doux, gare les co r-rections ! »

Le malheureux enfant se laissa retomber sur une caisse, suffoqué par les sanglots qu'il cherchait en vain à retenir.

Dur-à-Cuire, témoin impuissant de cette scène horrible, se tordait dans ses liens, et, ne pouvant parler, poussait des rugissements d'indignation; ses infâmes compagnons le regardaient en ricanant.

« Imbécile ! lui dit Jocrisse : à quoi cela t'avance-t-il de te démener de la sorte? »

Dur-à-Cuire jeta un regard désespéré sur ses mains ensanglantées par les cordes dont elles étaient liées, sur ses pieds engourdis et enflés à force d'être serrés; puis il leva les yeux au ciel comme pour implorer la protection divine, et il redevint immobile.

« C'est cela, continua Jocrisse : à la bonne heure! si tu étais plus sage, on te desserrerait les cordes et on t'ôterait ton bâillon. »

Pour toute réponse, Dur-à-Cuire détourna la tête avec dégoût.

« Comme il te plaira, reprit Jocrisse; nous verrons bien qui de toi ou de nous se lassera le plus tôt. »

En ce moment, la voiture arrivait à l'entrée d'un village situé à quarante kilomètres du Val. Guignolet ne voulait point y faire une longue halte; il fallut cependant s'y arrêter quelques instants pour donner de l'avoine aux chevaux, faire déjeuner la troupe, et ramasser, par une courte parade devant ce nouveau public, assez d'argent pour pouvoir fournir ensuite une étape un peu plus longue. On tira le rideau de cuir qui partageait transversalement la longue voiture en deux compartiments ; Jocrisse, fidèle à son rôle de geôlier, resta avec Julien et Dur-à-Cuire pour les empêcher de se montrer, et le reste de la bande descendit dans la première auberge qui se présenta. Le repas fut à peu près semblable à celui auquel nous avons assisté tout à l'heure ; on en apporta une portion à Jocrisse, qui en offrit d'abord à l'enfant. Celui-ci accepta, moitié parce qu'il avait faim, moitié parce qu'il n'osait refuser.

« Et toi, dit ensuite Jocrisse à Dur-à-Cuire, veux-tu manger ? »

Dur-à-Cuire ne répondit par aucun signe.

« Pour cela, continua Jocrisse, il faudrait t'ôter ton bâillon, et c'est ce que je ne ferai pas sans être sûr que tu ne te mettras pas à hurler. »

Dur-à-Cuire remua un peu la tête et parut réfléchir un instant. Sans doute il se demanda s'il ne fallait pas promettre, sauf à ne pas tenir ; mais, sans doute aussi, l'idée d'un mensonge, d'un faux serment, répugna à son âme, foncièrement honnête ; car, après une courte hésitation, il se détourna de nouveau et rentra dans son immobilité.

Quant à Julien, l'idée d'appeler au secours lui fût-elle venue, il n'eût probablement pas osé le faire ; mais elle ne lui vint même pas : que pouvait-il savoir, à son âge, des lois civiles, et de la protection que tout individu opprimé a le droit de demander à ses concitoyens et aux autorités de son pays ? Il se contentait donc d'adresser intérieurement à Dieu et à la sainte Vierge, protectrice des malheureux (en qui sa mère lui avait de bonne heure inspiré une pieuse confiance), les prières les plus ferventes pour que cette bonne mère lui fût rendue. Et la prière de l'innocence fut entendue, comme la suite de ce récit va nous le prouver.

Après leur déjeuner, les saltimbanques exécutèrent quelques tours de leur façon devant les habitants du village rassemblés au son du tambour ; une quête faite à la ronde produisit une assez passable recette, avec laquelle ils remontèrent dans leur voiture et se remirent en route sans perdre de temps.

Cependant que se passait-il au Val ? C'est ce que, j'en suis sûr, il vous tarde d'apprendre.

Mme Dumont, restée seule au logis, avait attendu assez patiemment le retour de son enfant et du vieux Sylvain tant qu'elle avait pensé que le spectacle n'était pas encore fini. Mais la soirée étant avancée et la nuit déjà noire (rappelez-vous qu'on était au mois de juin, c'est-à-dire à l'époque de l'année où les jours sont le plus longs), elle avait senti l'inquiétude s'emparer d'elle au point de devenir intolérable. Elle était alors descendue de son appartement, et était venue s'asseoir devant la porte de sa maison. Là elle attendit encore une heure environ : la foule s'écoulait ; chacun rentrait chez soi ; à chaque instant elle espérait voir revenir ceux dont l'absence prolongée lui causait de si vives angoisses ; mais à chaque instant aussi son espérance déçue augmentait ses perplexités. Enfin la route devint déserte, les lumières s'éteignirent, les plus attardés avaient regagné leurs demeures ; et ni Sylvain, ni Julien, ni même le père Sauvage, ne paraissaient.

L'inquiétude de la pauvre femme se changea en une sorte de désespoir ; elle se leva éperdue, et se mit à courir devant elle comme une insensée, sans même savoir où elle allait.

« Mon Dieu ! mon Dieu ! s'écriait-elle, ayez pitié de moi ! Que sont-ils devenus ? que leur est-il arrivé ? » Et elle marchait toujours.

En arrivant devant le presbytère, elle vit la fenêtre éclairée : un rayon d'espoir traversa son cœur brisé. S'ils étaient là ! pensa-t-elle.

Elle sonna. Jeanne, la servante du curé, vint lui ouvrir, et recula d'effroi devant cette femme aux traits décomposés, qu'elle eut peine à reconnaître.

« Mon fils ! avez-vous vu mon fils ? dit Mme Dumont d'une voix étranglée.

— Non, Madame.

— Non ! ah !... »

Ce fut un cri déchirant. Le bon curé accourut.

Mme Dumont était tombée sans connaissance entre les bras de Jeanne. On eut grand'peine à la faire revenir; et quand elle put de nouveau parler, les premiers mots qu'elle prononça furent encore :

« Mon fils! mon fidèle Sylvain! où sont-ils? »

Le curé ne savait rien. Mme Dumont lui apprit la cause de son inquiétude.

« Hélas! s'écria le pasteur, quelle faute, chère dame! quelle imprudence! envoyer votre Julien à un pareil spectacle! Était-ce là la place d'un enfant chrétien et bien élevé?

— Oh! malheur! malheur! fit la pauvre mère.

— Mais j'ai tort de vous adresser des reproches en ce moment. Dieu vous punit assez sévèrement. Venez avec moi, et espérons en lui. Venez. »

Le curé et Mme Dumont se dirigèrent d'abord vers la place où avait eu lieu la représentation, et la parcoururent dans tous les sens. Tout à coup ils aperçoivent un homme étendu au pied d'un arbre.

O terreur! à la lueur des étoiles, Mme Dumont reconnaît Sylvain.

« Sylvain! mort! s'écrie-t-elle.

— Non, reprend le curé d'un ton morne, il est ivre! » et il le secoue violemment. Le vieux serviteur se réveille lentement, se frotte les yeux, étend les bras, se lève et promène autour de lui des regards stupéfaits. Enfin il reconnaît sa maîtresse, le curé; il recueille ses souvenirs :

« Et Julien? demande-t-il.

— Julien? où est-il? dit Mme Dumont.

— Qu'en avez-vous fait? ajoute le curé.

— Mais... attendez donc...; où suis-je? Je ne sais...; le père Sauvage... et cet étranger... Ils ne sont plus là! Il fait nuit... Mon Dieu ! mon Dieu ! qu'est-il arrivé? Ils m'ont pris l'enfant. Malheureux ! malheureux que je suis! »

Et le pauvre homme s'arrachait les cheveux, se tordait les mains avec un désespoir qui augmentait encore celui de Mme Dumont.

L'excellent curé eut toutes les peine du monde à les calmer un peu, et à obtenir de Sylvain le récit de ce qui s'était passé jusqu'au moment où il avait perdu connaissance. Mme Dumont accabla le pauvre homme de reproches.

« Misérable! lui dit-elle, je t'avais confié mon enfant, et, au lieu de le garder, tu t'es enivré comme le dernier des hommes. Que Dieu te pardonne !

— Moi! m'enivrer ! c'est impossible, Madame, répondit Sylvain. Je ne me suis pas enivré ; ils m'ont empoisonné, bien certainement. »

Le curé voyait bien que cette histoire cachait quelque mystère, et que le malheureux domestique avait dû être victime d'un piége odieux ; mais ce mystère, comment l'éclaircir? ce piége, comment le découvrir?

La première chose qu'il crut devoir faire, ce fut d'aller avec Sylvain et Mme Dumont frapper à la cabane du père Sauvage ; elle était vide.

On rentra alors dans la maison de Mme Dumont pour y prendre une lanterne et parcourir ensuite le village, où l'on espérait encore retrouver Julien, endormi peut-être dans quelque coin. Au moment de sortir, Mme Dumont eut l'idée d'appeler Barbu, pensant que l'instinct de cet animal ne serait pas sans utilité dans cette expédition nocturne ; mais on l'appela en vain, Barbu avait disparu. Cette circonstance accrut le découragement qui s'était emparé de nos trois amis ; ils se mirent néanmoins en marche ; mais leurs recherches furent infructueuses, ils ne découvrirent aucune trace de l'enfant ni du père Sauvage, et le jour levant les trouva réunis au presbytère, harassés de fatigue, l'âme navrée, et ne sachant plus de quel côté se tourner. Seul, le vénérable ecclésiastique avait conservé du calme et du sang-froid : non qu'il fût indifférent au malheur de Mme Dumont ; mais il était de ces hommes fermes et dignes que les peines du monde ne surprennent point, parce qu'ils savent que cette vie est un temps d'épreuve, et que toute plainte est un blasphème contre la Providence. Il exhorta la pauvre mère à ne point se laisser aller à un abattement stérile, à espérer en la bonté de Dieu, et, quoi qu'il avînt, à se souvenir du grand exemple donné aux mères affligées par celle qu'on nomme la *Mère douloureuse,* alors qu'elle priait prosternée au pied de la croix où son divin fils mourait pour expier nos péchés. Ces sages conseils ayant rendu un peu de calme à Mme Dumont et au vieux Sylvain, on délibéra de noûveau sur les moyens à employer pour se mettre sur les traces de Julien et de Sauvage ; car Mᵐᵉ Dumont ne pouvait s'empêcher de lier dans son esprit la disparition de l'un avec celle de l'autre ; et rapprochant les événements de la nuit avec le langage et la conduite du vieillard, elle n'était pas éloignée de voir en lui l'auteur de l'enlèvement de Julien. Sylvain avait, lui aussi, conçu les mêmes soupçons, et le curé lui-même ne pouvait s'empêcher d'y reconnaître une certaine vraisemblance.

Tous trois furent donc d'accord sur ce point, que, si l'on parvenait à retrouver Sauvage, on aurait aussi beaucoup de chances de retrouver l'enfant ; mais il n'y avait pas de temps à perdre : le curé se rendit lui-même chez le maire du Val avec Mᵐᵉ Dumont, tandis que Sylvain allait visiter quelques paysans dont il espérait obtenir des renseignements.

La plupart ne surent rien lui dire, sinon qu'ils l'avaient vu lui-même, la veille, attablé avec le père Sauvage, Julien et un individu qu'ils ne connaissaient pas ; que lui et Sauvage paraissaient ivres-morts, et que l'étranger faisait beaucoup d'amitiés à Julien. Sur la disparition de Julien et de Sauvage, le cabaretier seul qui leur avait servi à boire put lui donner quelque lumière.

« Au moment où le spectacle a commencé, dit-il, l'étranger a emmené Julien je ne sais où, et ni vous ni le père Sauvage n'avez bougé. Comme l'étranger avait payé la consommation, et que vous n'étiez guère en état de vous en aller, je vous ai laissés dormir sur vos bancs jusqu'à l'heure où, chacun s'en retournant chez soi, il m'a fallu rentrer mes tables et fermer ma maison. Alors je vous ai secoués pour vous réveiller ; mais vous étiez comme mort, vous, monsieur Sylvain. Je vous ai assis par terre contre un arbre. Le père Sauvage, lui, a fini par se réveiller ; il a paru tout étonné de se trouver là. Il m'a demandé d'abord où était l'enfant ; je lui ai répondu que je n'en savais rien : puis si les baladins étaient partis ; je lui ai répondu qu'ils avaient plié bagage depuis une heure environ : si je savais dans quelle direction ; je la lui ai indiquée à peu près. Alors il a voulu prendre sa course comme pour les rattraper ; mais il chancelait ; il fut obligé de s'arrêter plusieurs fois et de marcher plus lentement. Je l'ai perdu de vue au détour de la rue, et... ma foi ! c'est tout ce que je puis vous dire. »

Sylvain eut bientôt traversé la place ; il trouva Mme Dumont et le curé chez le maire, qui avait fait mettre sur pied la gendarmerie de l'endroit, trois cavaliers et un brigadier, pour les envoyer à la découverte. Il répéta ce que le cabaretier venait de lui dire. Bien que cette déposition ne fût pas de nature à confirmer les soupçons élevés contre le père Sauvage, et qu'il fût impossible de s'expliquer les motifs qui auraient pu pousser cet homme à enlever le jeune Julien, les gendarmes reçurent aussitôt l'ordre de se mettre en campagne en se dirigeant suivant les indications du cabaretier, et de s'emparer de Sauvage s'ils le rencontraient.

Après leur départ, trois heures environ s'écoulèrent, heures de cruelle attente pour la pauvre veuve et aussi pour Sylvain, d'autant plus affecté de la perte présumée de son jeune maître, que sa négligence et sa faiblesse en étaient la principale cause. Il fallut les prières et l'autorité du bon prêtre pour les décider à prendre un peu de nourriture et à se tenir en repos jusqu'au retour des gendarmes.

Lorsqu'ils virent ceux-ci revenir ramenant avec eux le père Sauvage pâle, défait, les vêtements couverts de poussière, la barbe et les cheveux encore plus en désordre que de coutume, ils ne purent retenir une exclamation de terreur.

« Et Julien ? demandèrent-ils tous les deux en même temps.

— Nous n'avons trouvé que le vieux, dit le brigadier : vous voyez dans quel état ; il était assis sur le bord d'un fossé, et il pleurait à chaudes larmes. »

Sauvage prit alors la parole, et, d'une voix entrecoupée, raconta comment il avait cru reconnaître son fils parmi les saltimbanques ; comment alors il avait jugé à propos de frayer quelque temps avec Jocrisse pour apprendre de celui-ci une partie au moins de la vérité ; comment il s'était enivré ainsi que Sylvain, presque sans avoir bu ; comment enfin, réveillé par le cabaretier, il avait oublié Ju-

lien et laissé là Sylvain pour courir après celui
qu'il croyait être son fils.

« Malheureusement, ajouta-t-il, je ne les ai pas
rejoints, les bandits ; sans doute le cabaretier s'est
trompé : ou plutôt eux-mêmes, en quittant le village, ont tourné d'un autre côté pour esquiver les
poursuites. »

Dès ce moment, tous les soupçons se portèrent
sur les saltimbanques : nul doute qu'après avoir
volé jadis le fils du pauvre père Sauvage ils n'eussent commis de nouveau ce crime sur la personne
de Julien. Mais de quel côté fallait-il les poursuivre? Probablement ils avaient cherché à gagner la frontière suisse : mais de quel côté? Deux
chemins y conduisaient ; on pensa naturellement
qu'ils avaient dû prendre le plus court.

« Mettez-vous donc à leurs trousses, dit le
maire aux gendarmes ; et hâtez-vous, afin de ne
pas arriver trop tard. »

Les gendarmes sautèrent en selle, et s'avancè-
rent à travers la foule de curieux que la nouvelle
de l'événement avait attirée devant la mairie.

Mᵐᵉ Dumont marchait en pleurant auprès du
brigadier, le suppliant de lui ramener son enfant : tout à coup elle vit venir à elle... devinez...
Barbu, le fidèle Barbu, qui avait quitté la maison
pendant la nuit. Il sauta haletant après sa maîtresse, lui léchant les mains, et alla faire les
mêmes caresses à Sylvain, au père Sauvage et au
curé ; après quoi il se mit à aboyer, s'éloignant de

quelques pas dans la direction d'où il était venu, puis revenant vers les gendarmes et s'éloignant encore : et, voyant que ceux-ci continuaient leur marche dans un autre sens, il commença à aboyer plus fort, toujours allant, et venant, jusqu'à ce que ses aboiements devinrent de véritable hurlements. Personne ne comprenait ce manége, lorsque le curé, par une inspiration subite, cria au brigadier :

« Suivez le chien ! suivez-le. Évidemment il a découvert la trace de son maître.

— Oui, oui, suivez le chien ! répétèrent plusieurs des assistants : il a meilleur nez que vous, allez ! »

Le brigadier fit tourner bride à ses hommes ; l'animal donna aussitôt des signes non douteux de la joie la plus vive, et, après quelques secondes consacrées à témoigner sa reconnaissance à sa manière, il reprit sa course d'un pas modéré, mais sans nulle hésitation, et en tournant seulement la tête de temps en temps, comme pour s'assurer qu'on le suivait. Le chemin dans lequel il s'engagea était précisément le plus long de ceux qui conduisaient à la frontière suisse.

« Évidemment cette bête suit la piste de son maître, dit le brigadier au gendarme qui chevauchait près de lui ; vous verrez que les brigands ont pris le chemin le plus long, justement parce qu'ils se doutaient qu'on les poursuivrait par le plus court. »

2*

Il avait raison. Barbu les guida exactement par la même route qu'avaient prise les saltimbanques ; il leur fit traverser le même village où nous avons vu Guignolet s'arrêter avec sa troupe ; et, à huit kilomètres environ de ce village, les gendarmes purent apercevoir du haut d'une côte la grosse voiture qui servait de prison à Julien et à son malheureux protecteur. Le chien l'avait aperçue aussi ; car, à cet endroit, il s'arrêta un instant, poussa un hurlement, et se laissa tomber sur la route. La pauvre bête avait fait plus de quarante-huit kilomètres depuis la veille au soir.

« Au galop ! cria le brigadier ; il n'est que temps, la frontière n'est plus qu'à deux kilomètres d'ici. »

Quelques minutes après, la voiture était cernée et forcée de s'arrêter. Le brigadier y monta avec deux de ses hommes.

Les saltimbanques avaient remis Julien dans sa caisse, espérant le dérober aux recherches des gendarmes, qu'ils avaient vus venir de loin ; mais cette fois le pauvre enfant, malgré leurs menaces, laissait échapper des plaintes qui le firent découvrir.

On trouva aussi Dur-à-Cuire garrotté et caché sous une couverture ; on lui ôta ses liens et son bâillon, et il put alors dévoiler toutes les atrocités dont ses infâmes compagnons s'étaient rendus coupables tant envers lui qu'envers Julien.

« Ah! misérables, s'écria le brigadier, vous paierez cher tout cela! Garrottez-moi ce vieux coquin à son tour, dit-il à deux de ses hommes, en désignant Guignolet ; ses camarades aussi ; et que personne d'entre eux ne s'avise de broncher. »

Ses ordres furent promptement exécutés, les coupables sentant bien que toute résistance serait inutile et ne ferait qu'aggraver leur position. Cette cérémonie accomplie, un gendarme prit les guides et fit rebrousser chemin aux chevaux.

Julien, qui n'avait jamais assisté à pareille scène, et qui depuis la veille tombait d'étonnement en étonnement, de frayeur en frayeur ; Julien, dis-je, ne savait trop s'il devait pleurer toujours, ou se consoler ; cependant il se décida tout à fait pour ce dernier parti, lorsque le brigadier, qu'il connaissait un peu, lui eut dit :

« Ne pleure plus, mon enfant ; tu vas revoir ta mère et M. Sylvain ; et ton chien aussi, ton Barbu, auquel tu dois ta délivrance, et sans l'aide duquel nous ne t'aurions peut-être pas retrouvé. »

Barbu était, en effet, toujours couché sur la route, à l'endroit où les gendarmes l'avaient laissé. On le plaça dans la voiture, et sa joie fut si grande en revoyant son jeune maître, qu'il faillit en suffoquer.

Le cortége, ainsi composé, arriva au Val dans la soirée. Mme Dumont, Sylvain, le curé et le père Sauvage accoururent au-devant, du plus loin qu'ils l'aperçurent. Vous peindre leurs transports

en serrant dans leurs bras l'enfant qu'ils chéris-
saient tous quatre presque également, et qu'ils
avaient cru perdu, c'est ce que je n'essaierai pas;
non plus que de vous décrire le ravissement du
père Sauvage, lorsque, après avoir questionné
Dur-à-Cuire, il acquit la certitude que c'était son
fils, son Jérôme.

A peine ai-je besoin d'ajouter que tous s'unirent
dans de ferventes actions de grâces au Dieu plein
de miséricorde dont la main paternelle ramenait,
par une suite de circonstances presque miracu-
leuses, le bonheur et l'allégresse là où tout offrait,
quelques instants auparavant, le spectacle de la
désolation.

« Vous voyez, mes enfants, dit le bon curé,
que si Dieu nous soumet parfois à de rudes
épreuves, il ne se détourne jamais de nous, lorsque par notre piété et notre confiance en lui nous
avons su nous rendre dignes de sa clémence. Sa-
chez donc désormais, par une foi sincère et une
conduite irréprochable, mériter les bienfaits dont
il est si prodigue envers ceux qui l'aiment et le
servent. »

Mme Dumont regagna sa demeure avec Sylvain;
avec Julien, qu'elle ne se lassait pas de serrer
dans ses bras, et qui versait maintenant des larmes de joie; Barbu, que l'on avait comblé de
caresses, les suivait joyeusement.

« Et moi aussi, Madame, j'ai un fils maintenant, disait le père Sauvage en pressant Jérôme

sur son cœur; j'ai un fils dont je puis être fier, puisque au milieu de la plus exécrable société il a su conserver dans son âme la crainte de Dieu et l'amour de la justice. Nous allons être heureux tous deux, car j'ai du bien, moi, sans qu'on s'en doute; seulement, tant que mon fils n'a pas été là pour le partager avec moi, je n'ai pas voulu m'en servir; je ne pouvais me résoudre à vivre dans l'aisance, tandis que lui souffrait peut-être de la faim, de la soif et du froid... Mais à présent !...

— Honnête et excellent homme, s'écriait Mme Dumont, combien je dois me reprocher de vous avoir cru capable d'une mauvaise action! Me le pardonnez-vous?

— Si je vous le pardonne? Dieu pardonne bien, lui!... Et dire tout de même que sans Barbu, sans cet animal auquel nous ne songions seulement plus, ni vous ni moi n'aurions peut-être jamais revu nos fils ! »

A partir de ce jour, dont le souvenir resta ineffaçable dans le cœur de tous nos amis, la concorde et la félicité ne cessèrent de régner parmi eux, et ils ne formèrent, pour ainsi dire, qu'une seule famille.

Quant aux vilains saltimbanques, ils furent traduits devant les tribunaux et subirent, au bagne ou en prison, le juste châtiment de leurs crimes.

A. M.

LA FUITE

DE

STANISLAS LESZCZYNSKI

LA FUITE

DE

STANISLAS LESZCZYNSKI

Stanislas Leszczynski, roi de Pologne, plus tard beau-père de Louis XV, et duc de Lorraine et de Bar, était un homme plein de vertus et de piété; dans l'épisode de sa vie que nous allons raconter, nous verrons de la manière la plus évidente que la Providence divine n'abandonne jamais ses fidèles serviteurs, même au milieu des plus grands dangers. Les rares qualités de Stanislas lui avaient concilié en Pologne l'estime de ses concitoyens, à tel point qu'il fut élu roi, et élevé à ce rang suprême de la condition de simple citoyen; cependant un autre parti polonais voulait voir sur le trône Auguste III, électeur de Saxe. La France appuyait Stanislas, et la Russie accordait sa protection à Auguste. Pour mettre un terme à la lutte, cette dernière puissance fit entrer une armée en Pologne, et força le roi Stanislas à se retirer à Dantzig, ville polonaise très-bien fortifiée. Cependant cette retraite, au lieu de le soustraire à ses ennemis, le fit tomber dans un plus grand péril ; car les Russes investirent la ville en 1734, et en commencèrent le siége.

Les Russes exigeaient l'extradition du roi Stanislas, et avaient mis sa tête à prix. Il se trouva donc placé dans la plus épouvantable perplexité ; car les assiégeants s'étaient déjà emparés de plusieurs postes avancés, et il n'y avait de salut possible pour la ville que dans une capitulation. La fuite semblait impossible au roi ; car les ennemis avaient établi autour de la place le blocus le plus sévère et le plus vigilant : comment donc échapper à leurs lignes et à leurs patrouilles qui parcouraient sans cesse dans tous les sens les environs de la ville ? Cependant le roi, voyant que toute autre issue lui était interdite, et comptant sur la providence de Dieu, qui n'abandonne aucun de ses enfants, surtout ceux qui se montrent confiants et fidèles, résolut de tenter cette voie, s'en remettant à la protection du Ciel.

Le marquis de Monti, ambassadeur de France à Dantzig, lui conseilla aussi de risquer cette tentative, et prit en conséquence les mesures convenables. La Providence, dans sa sagesse éternelle, veut que le fardeau que nous avons à porter dans cette vie soit toujours proportionné au rang que nous occupons dans la société ; plus notre poste est éminent, plus aussi ce fardeau est lourd et difficile à porter. Cela toutefois ne doit pas effrayer l'homme de bien, et le véritable chrétien se repose toujours sur l'assistance divine, même dans la dernière extrémité. Ainsi agit Stanislas, qui avait pu, simple particulier, mener une vie paisible et sans inquiétude, et qui, comme roi, se trouvait maintenant obligé d'exposer ses jours au plus grand péril.

Le 27 juin au soir, comme le bombardement des Russes devenait à chaque instant plus vif, le roi quitta son logement, et se rendit presque seul chez l'ambassadeur français. Il y trouva un costume complet et tout prêt, dont il lui fallut se revêtir; au bout de quelques instants, son travestissement était opéré, et il ressemblait parfaitement à un paysan polonais. Les bottes seulement se trouvaient trop étroites, on en trouva heureusement qui allaient bien; il les mit en toute hâte, et fit de touchants adieux à l'ambassadeur; il était environ dix heures du soir.

Derrière un jardin du voisinage, Stanislas fut rejoint par le général Steinpflicht, qui devait l'accompagner et était également déguisé en paysan. Tous les deux se rendirent immédiatement sur le rempart; ils y trouvèrent un major qui les attendait, et les fit descendre au bas des murailles. Un bateau préparé à cet effet les reçut tous les trois et les conduisit, en traversant le fossé, à un poste avancé qui était encore au pouvoir des Dantzikois. Le major crut qu'il était nécessaire de descendre à terre ; alors une querelle s'engagea entre les soldats et lui ; le sous-officier qui commandait le poste allait ordonner de faire feu sur lui, lorsque Stanislas s'élança du bateau et se jeta entre eux. Le major, dans sa perplexité, découvrit le mystère de la fuite du roi ; le sous-officier, après avoir examiné attentivement Stanislas, le reconnut, et, le saluant profondément, il donna ordre à la sentinelle de le laisser passer. Le major rentra dans la ville, et le roi, avec le général Steinpflicht, continua de naviguer à travers les champs inondés. D'après le plan d'évasion, tel qu'il avait été conçu, le roi devait atteindre la Vistule avant l'aube du jour ; il devait alors traverser ce fleuve, et éviter ainsi le danger qui menaçait sa liberté et même sa vie.

Cependant, à peine eut-on fait une demi-lieue, que les guides s'arrêtèrent auprès d'une vieille masure, en déclarant qu'il était impossible d'atteindre la Vistule avant la pointe du jour, et qu'il fallait attendre là le soir du lendemain, pour pouvoir achever la route pendant la nuit suivante. Vainement le roi leur offrit tout ce qu'ils voudraient pour les déterminer à changer de résolution ; il fallut donc se rendre dans cette misérable cabane, où l'on ne trouva que quelques mauvais bancs. « Quoi qu'il puisse avenir de tout ceci, s'écria le roi avec une pieuse résignation, je remets mon sort entre les mains de Dieu. »

Le roi employa le temps qu'il était obligé de passer là à observer le caractère de ses trois guides ; l'un d'eux était un effronté et un fanfaron, qui ne doutait de rien, croyait tout savoir et ne pouvait souffrir la moindre contradiction ; les deux autres étaient plus modestes, mais ils semblaient abrutis par l'intempérance et l'ivrognerie. Il y en avait encore un quatrième : c'était un marchand banqueroutier, obligé de chercher son salut dans la fuite, et qui, pour faire tout d'un coup une grande fortune, n'avait qu'à aller révéler aux Russes la fuite ou la retraite du roi. Tels étaient les hommes entre les mains desquels se trouvait le sort de Stanislas.

La nuit s'écoula ; lorsque le jour fut venu, le roi sortit de la cabane, et regarda en silence la ville qui était devant lui et que dévoraient plusieurs incendies ; ce spectacle douloureux fit naître en son esprit de tristes réflexions ; ses larmes coulèrent, et il leva ses mains vers le ciel, en implorant l'assistance divine.

Aussitôt que le soir eut ramené l'obscurité, ils continuèrent leur route. Mais les difficultés se multipliaient autour d'eux : toute la plaine était couverte de grands roseaux au milieu desquels le bateau n'avançait qu'avec beaucoup de peine et en faisant tant de bruit, que les fugitifs pouvaient craindre à tous moments d'être découverts. Souvent ils étaient obligés, lorsque leur barque ne pouvait plus avancer, de descendre tous, de s'enfoncer dans la boue, et de faire marcher le bateau à force de bras.

À minuit ils arrivèrent à la digue d'une rivière que Stanislas prit pour la Vistule. Le marchand, un des guides et le général Steinpflicht s'élancèrent hors de la barque sur la terre ; les autres continuèrent à ramer le long du bord, mais bientôt ils se trouvèrent au milieu des champs inondés, et séparés ainsi du marchand et de ses compagnons. Il commençait à faire jour, et leur embarras devint extrême. Toutes les cabanes voisines étaient remplies de Russes, et le roi craignait à chaque instant de tomber entre leurs mains. Les guides dirigèrent leur embarcation vers la demeure d'un homme qu'ils connaissaient. Lorsqu'on lui demanda s'il y avait des Russes chez lui, il dit : « Pour le moment non ; mais il en viendra dans la journée. »

Quel parti devait prendre le roi ? Il ne perdit pas courage, et résolut d'entrer dans cette cabane. De peur qu'il ne fût reconnu par le propriétaire, ses guides le conduisirent immédiatement au grenier. Ils étendirent un peu de paille pour qu'il se reposât dessus, et promirent de ne sortir que pour aller en reconnaissance.

Le roi s'endormit ; mais à peine une demi-heure se fut-elle écoulée qu'il s'éveilla, et aperçut, à sa grande frayeur, tout près de la cabane, un officier russe et deux Cosaques. Le premier avait l'air tellement affairé, que le roi ne douta pas qu'il ne fût trahi ; sa crainte fut bien plus vive encore lorsqu'il vit trois autres Cosaques accourir à bride abattue, entrer dans la cabane, et lorsqu'au même instant il entendit que l'on montait l'escalier. Rien ne lui semblait plus certain que sa perte ; que l'on juge de son horrible position ! Quelle ne fut donc pas sa joie lorsqu'au lieu des Cosaques il aperçut la maîtresse de la cabane ! Cette bonne femme venait, au nom de ses guides, l'avertir de se tenir aussi immobile qu'il le pourrait. La recommandation était inutile ; Stanislas osait à peine respirer, et s'était entièrement caché sous la paille.

Deux heures mortelles et pleines d'angoisses s'écoulèrent pour lui dans cette position, jusqu'à ce qu'enfin les Russes quittassent la maison. La femme revint alors auprès de lui, et lui montra son étonnement de ce qu'il ne descendait pas au rez-de-chaussée, pour boire avec les autres. Elle prit tous les moyens pour parvenir à le connaître, et, ne pouvant y réussir, elle voulait le chasser de la maison. Ce ne fut qu'avec beaucoup de peine qu'on parvint à la calmer.

Heureusement le roi avait sur lui au moins cent ducats (pièce hollandaise de la valeur de douze francs), et ils ne lui furent pas inutiles dans cette circonstance. Il était dans la plus grande inquiétude sur le sort du général Steinpflicht, et vers le soir il descendit dans la chambre du rez-de-chaussée pour s'informer de ce qu'il était devenu.

Il apprit que le général l'attendait sur la Vistule, et que tout avait été préparé pour son passage. Stanislas pressait ses guides de partir le plus tôt possible, et, en effet, ils se mirent en route dès qu'il fît un peu sombre. Il leur fallut bientôt se mettre à patauger dans un horrible marais ; enfin, après l'avoir traversé, ils atteignirent à leur grande joie la digue de la Vistule.

L'un des guides courut en avant pour découvrir la barque dans laquelle le roi devait traverser le fleuve ; mais il revint au bout d'une demi-heure, apportant l'affligeante nouvelle que le bateau n'y était plus, et que sans doute les Cosaques l'avaient pris. Il n'y avait pas d'autre parti à prendre que de pousser plus loin à travers de profonds marécages. Après des fatigues inouïes, on arriva enfin à une maison isolée ; le propriétaire ouvrit sa porte, regarda le roi d'un œil perçant, et le reconnut. « Que vois-je ! s'écria-t-il, que vois-je !

— Que vois-tu donc ? répondit le guide, c'est un de nos camarades.

— Pas tout à fait, je ne m'abuse pas, c'est le roi Stanislas. »

Le roi fut atterré ; cependant il se remit promptement, et dit avec résolution : « Mon ami, je suis, en effet, celui que vous venez de nommer ; mais l'on voit sur votre figure que vous êtes un honnête homme, et vous ne me trahirez pas. »

Stanislas ne s'était pas trompé ; cet homme se

montra digne de sa confiance ; il promit de faire traverser la Vistule au roi, et sortit pour en chercher les moyens.

C'était le 30 juin, et le jour commençait à poindre. Le roi, triste et affligé, et remettant encore une fois son sort entre les mains de la Providence, s'approcha de la fenêtre et regardait, le cœur serré, toute cette contrée déserte et désolée, lorsqu'il vit venir vers la maison celui des guides qui l'avait quitté à la digue avec le général et le marchand. Le roi s'empressa de courir à sa rencontre et de lui demander des nouvelles du général. Il apprit de lui la triste nouvelle qu'ils avaient rencontré une nuée de Cosaques ; que chacun d'eux avait cherché son salut de son côté, qu'il ignorait ce qu'étaient devenus ses compagnons.

Le généreux Stanislas tremblait à la pensée que son ami, le général, pouvait être tombé au pouvoir des Russes, et la crainte de cet événement ne cessa d'agiter son cœur pendant toute la journée. Vers cinq heures son hôte revint et annonça qu'il avait trouvé un bateau, mais en même temps il crut devoir engager le roi à ne pas tenter le passage, parce que les Cosaques battaient le pays dans tous les sens pour le saisir ; dans la crainte de le laisser échapper, ils examinaient avec rigueur tous les voyageurs qu'ils rencontraient, et arrêtaient tous ceux auxquels ils trouvaient une ressemblance quelconque avec le roi.

Cette nouvelle était loin d'être rassurante ; cependant le roi voulut, malgré tous ces dangers, essayer de traverser le fleuve. Les guides se montraient fort indécis, et faisaient fort peu d'attentio n aux brillantes promesses qu'il leur faisait. Cependant, après avoir vidé une bouteille d'eau-de-vie, ils reprirent courage et se mirent même à plaisanter les Russes sur leurs vaines recherch es.

A six heures l'excellent hôte revint, apportant l'heureuse nouvelle que l'on ne voyait plus de Cosaques dans les environs ; à une lieue de là, une barque attendait le roi, l'on pouvait peut-être réussir à opérer le passage. Stanislas attendit donc avec une vive impatience que la nuit eût ramené les ténèbres.

Enfin, vers dix heures, on commença ce trajet périlleux : le roi et son hôte étaient à cheval ; les trois guides marchaient à pied. Le chemin était mauvais, et les chevaux bronchaient à chaque pas ; de tous côtés on voyait les feux des bivouacs ennemis, et à tout moment on pouvait être surpris et entouré.

Déjà ils avaient fait une demi-lieue au milieu de transes continuelles, lorsque l'hôte du roi, qui marchait en avant, revint en toute hâte sur ses pas pour le prévenir que le pays était couvert de Cosaques, et qu'il avait failli tomber entre leurs mains. Les compagnons de Stanislas, en apprenant ces nouvelles, voulaient aussitôt prendre la fuite ; le roi leur adressa des reproches, et s'efforça de leur rendre du courage ; mais ses prières et ses raisonnements ne semblaient produire aucun effet sur ces hommes. Alors le brave hôte se décida à aller encore une fois à la découverte et à tout examiner avec soin ; au bout d'un quart d'heure il revint annonçant que le danger était passé, et l'on se hâta de reprendre le voyage interrompu.

Au bout d'une demi-lieue, nos fugitifs aperçurent à une certaine distance une voiture russe portant trois hommes, qui venait à leur rencontre. Ils se cachèrent derrière un buisson jusqu'à ce que la voiture fût passée ; ils descendirent ensuite de cheval, et marchèrent encore pendant environ un quart de lieue. Enfin on arriva heureusement à l'endroit où se trouvait la barque. Le roi y entra avec grande joie, et en moins d'un quart d'heure il fut sur l'autre bord.

Avant de sortir de la barque, Stanislas prit à part son excellent hôte, auquel il devait son salut, et voulut lui remettre au moins la moitié de la somme dont il était porteur ; mais ce brave homme refusa généreusement de rien accepter. « Non, s'écria-t-il, ce n'est pas dans ce but que je vous ai servi. » Il fallut que le roi insistât beaucoup pour lui faire accepter deux ducats, qu'il prit seulement, dit-il, comme un souvenir. Après un touchant adieu il repartit avec sa barque, et le roi continua son voyage, accompagné de ses trois guides.

A une lieue du fleuve, le roi entra dans une

hôtellerie; et là il apprit, à sa grande terreur, qu'il y avait encore des postes ennemis de ce côté. Il pria ses guides avec les plus vives instances de chercher des chevaux sans délai pour qu'ils pussent continuer leur route; mais ces hommes, se croyant hors de tout danger, ne songèrent plus qu'à prendre du repos, et se mirent au lit. Ce ne fut qu'avec la plus grande peine que Stanislas réussit à en réveiller un, qu'il envoya aussitôt au village, avec mission d'y chercher des chevaux. Au bout de deux heures, il revint complétement ivre, et ramenant avec lui un marchand qui consentait à vendre sa voiture au roi, moyennant un paiement comptant. Il parvint aisément à obtenir de l'illustre fugitif la somme énorme de vingt-cinq ducats; l'empressement que Stanislas mettait à faire cette acquisition et les brillantes pièces de monnaie dont il était porteur excitèrent l'attention générale, et il se rassembla bientôt autour de lui une grande foule de paysans. Pour augmenter son embarras, son guide ivre s'approcha aussi, et se mit à exalter les services qu'il lui avait rendus au milieu de tous les dangers qu'ils avaient courus ensemble. Il allait trahir tout le mystère, quand on parvint enfin à le faire monter en voiture; le roi expédia alors un des guides à l'ambassadeur français à Dantzig, et le troisième se chargea de l'office de cocher.

A dix heures du soir, ils atteignirent un cabaret isolé, situé sur le bord d'une rivière qu'ils croyaient être la Nogate, ce qui les remplissait de joie et d'espérance ; mais quelle ne fut pas leur surprise et leur inquiétude quand ils apprirent que c'était la Vistule ! On leur dit en outre dans le cabaret que les Russes s'étaient emparés de tous les bateaux qui étaient sur la Nogate, et les avaient conduits à Marienbourg.

A la pointe du jour, les guides avaient pris la détermination d'aller tout droit à Marienbourg, et de traverser le pont de cette ville. Stanislas ne put parvenir à les détourner de ce projet extravagant, et ce ne fut qu'avec la plus grande peine qu'il obtint d'eux qu'on irait d'abord vers la No- gate voir si le passage était possible, et que l'on ne prendrait le parti de se présenter à Marien- bourg qu'à la dernière extrémité.

Vers midi, après avoir parcouru les chemins les plus abominables, ils arrivèrent à un village, où le roi se hasarda à entrer dans une auberge pour prendre des informations. La femme de l'aubergiste lui dit qu'il ne pourrait songer à tra- verser la Nogate, car toutes les embarcations avaient été enlevées. Enfin, après lui avoir fait les plus magnifiques promesses, il obtint d'elle qu'elle lui donnât son fils, qui devait lui faire pas- ser l'eau à une demi-lieue de là. Tout cela fut heureusement exécuté. Après une demi-heure de marche, le roi se trouva avec son guide et le fils de l'aubergiste au bord de la Nogate. A un signal donné par le dernier, un pêcheur sortit de sa hutte située sur l'autre bord ; un quart d'heure après il était auprès du roi et de ses compagnons. Stanislas entra, l'âme émue, dans la barque, et qui pourrait peindre la joie qu'il éprouva en se voyant enfin en sûreté sur l'autre rive ? Il renvoya ses guides avec un billet pour le marquis de Monti, acheta au premier village une autre voiture, et arriva sans courir de nouveaux dangers à Marienwerder.

Bientôt après, la position malheureuse du pieux et généreux Stanislas Leszczynski changea encore de face ; en 1736, il renonça au royaume de Pologne, en conservant le titre de roi, et eut la jouissance des duchés de Lorraine et de Bar, qui, après sa mort, furent cédés à la France. Tranquille dans son petit royaume, il n'y eut pas d'autres soins ni d'autres désirs que de se rendre le bienfaiteur de tout ce qui l'entourait. Il embellit beaucoup les villes de Nancy et de Lunéville, y fonda des hôpitaux, des colléges, et dota de pauvres filles. Il mourut le 23 février 1766. Jamais prince ne fut plus regretté. Aujourd'hui encore la Lorraine est pleine de son souvenir. Les habitants de cette province lui ont fait ériger en 1831 une statue colossale en bronze sur la plus belle place de Nancy, avec cette inscription gravée sur la face principale du piédestal : *A Stanislas le Bienfaisant, la Lorraine reconnaissante.*

(D'après GLATZ.)

UNE MESSE

PENDANT LA TERREUR

UNE MESSE

PENDANT LA TERREUR [1]

En 1793, lorsque chaque jour les victimes se multipliaient dans notre France désolée, deux jeunes proscrits, dont l'un se nommait Dussaulx et l'autre E. O., parcouraient furtivement les côtes de la Bretagne, sans argent, sans papiers, sans nulle connaissance du pays, et avec la triste certitude d'être fusillés s'ils tombaient au pouvoir du parti qui les poursuivait. Toutefois cette certitude n'effrayait que médiocrement les deux voyageurs. Anciens mousquetaires, confiants dans

---

[1] Le sujet de ce récit est emprunté à M. E. O., l'un des principaux acteurs qu'on y verra figurer.

leur courage, et liés par la plus tendre amitié, ils se promettaient de vendre chèrement leur vie, dans tous les cas, s'il fallait céder au nombre : ils étaient sûrs du moins de mourir ensemble. Cette pensée les soutenait au milieu des périls, des privations et des fatigues : c'était elle aussi qui leur donnait la hardiesse de frapper de temps en temps à la porte de quelque chaumière isolée, pour se procurer de la nourriture et un abri.

Souvent ces secours leur étaient refusés; car alors la méfiance et la peur dominaient tout autre sentiment, surtout chez l'habitant des campagnes. Ils avaient en outre à se garantir de nombreux espions qui, sous divers déguisements, se trouvaient répandus dans le pays. Ce danger n'était pas le moins redoutable pour eux : il pouvait les conduire dans quelque piége; mais à vingt ans (c'était à peu près l'âge de nos deux proscrits) l'espérance l'emporte aisément sur la crainte.

Ils se dirigeaient d'ailleurs vers un but : on leur avait assigné le château de Kéroulaz comme point de réunion; ils devaient y trouver bon gîte, tous les secours qui leur seraient nécessaires et un certain nombre de leurs camarades; aussi s'étaient-ils hasardés assez gaiement dans ces routes périlleuses.

Bientôt cependant les patrouilles, qui se multipliaient, les jetèrent hors des voies battues. Ils n'osèrent plus demander d'indication ni chercher leur subsistance; et pendant vingt-quatre heures ils eurent de tels maux à subir, que leur courage en fut ébranlé.

Épuisés par la faim et la lassitude, en proie à d'intolérables souffrances, à mille pensées lugubres, qu'ils n'osaient se communiquer, ils marchaient silencieusement à côté l'un de l'autre, se pressant parfois la main avec une inexprimable angoisse, lorsque tout à coup, au milieu d'un chemin creux où ils étaient entrés au hasard, et qui leur semblait interminable, ils crurent entendre des pas derrière eux. S'étant vivement retournés, ils virent un paysan à peu près de leur âge, très-bien vêtu, et dont la figure assez niaise avait l'apparence de la timidité. Affectant dans sa marche un air recueilli, il tournait dans ses doigts les grains d'un chapelet, et semblait uniquement occupé de cette dévotion. Il n'en fallait pas tant pour rassurer nos fugitifs. Dans l'extrémité où ils se trouvaient réduits, le soupçon d'une basse hypocrisie cachée sous ces dehors de piété ne se présenta point à leur esprit. Ils n'avaient pas d'ailleurs le choix des moyens; à tout prix il fallait qu'ils se procurassent quelques renseignements; aussi ce fut sans nulle hésitation qu'ils demandèrent au jeune homme le chemin de Kéroulaz. Il leur répondit, en jetant sur eux un regard oblique, qu'il allait précisément de ce côté, et les conduirait volontiers; mais que, vu la distance, ils ne pourraient y arriver ce jour même.

A cette déclaration, les deux amis consternés se regardèrent : ils ne se sentaient plus la force de poursuivre leur route sans apaiser la faim qui les dévorait et sans prendre quelques heures de repos. Devinant sans doute leur détresse, le Breton les rassura en leur annonçant un gîte plus rapproché et en leur offrant de bonne grâce le quart d'un gros pain qu'il tira de son bissac.

Ce secours dans un pareil moment était pour les pauvres affamés un véritable bienfait; aussi, après avoir remercié leur nouveau compagnon, continuèrent-ils de marcher à ses côtés avec un redoublement de confiance. Ce sentiment fut même poussé si loin chez l'un d'eux, qu'il ne craignit pas, chemin faisant, de laisser entrevoir au jeune homme dans quel but leurs pas se dirigeaient vers le château de Kéroulaz.

Cette confidence imprudente ne parut, du reste, intéresser nullement celui auquel elle était faite : il avait tout le flegme des habitants de son pays, et se montrait d'un naturel peu curieux.

Après avoir accompagné quelque temps les fugitifs, il leur donna les indications nécessaires pour trouver l'abri dont il leur avait parlé, et les quitta en leur annonçant qu'il allait se loger dans le voisinage, pour reprendre avec eux sa route le lendemain.

Il était nuit close lorsque les deux amis découvrirent enfin la maison indiquée. Les circonstances et l'heure avancée pouvaient leur faire craindre d'y être accueillis à coups de fusil; mais, nous l'avons dit, leur situation déplorable les avait amenés à tout braver. Ils frappèrent donc résolûment. On ouvrit aussitôt.

« Entrez! » leur dit l'homme qui se présenta, et auquel ils adressèrent leur humble supplique.

Entrez! ce mot les fait bondir de joie; cette chaumière ouverte est pour eux comme un palais magnifique; déjà ils voient en imagination un bon souper et un bon lit, sur lequel leurs membres endoloris vont goûter les douceurs du repos. Dans leur ravissement, c'est à peine s'ils remarquent l'air étrange du Breton, qui, décrochant une lampe, vient leur porter cette lumière au visage pour les mieux toiser. Tout incivil qu'est cet exa-men, ils le soutiennent bravement : doués l'un et l'autre d'une heureuse physionomie, ils peuvent espérer sans fatuité qu'il leur sera favorable; et l'un d'eux ose même réitérer ensuite avec plus d'assurance l'exposé de leurs pressants besoins.

Le maître du logis, homme âgé, sec et de très-haute taille, aux longs cheveux gris et au visage sévère, dans lequel on entrevoyait néanmoins quelque bonhomie, répondit, d'un ton fort peu encourageant, que, sa famille étant couchée, il n'avait presque rien à offrir. En même temps, comme preuve de ce qu'il avançait, il alla cher-cher quelques poignées de fèves, une cruche d'eau détestable et un très-petit morceau de pain noir, auquel nos deux affamés durent suppléer par celui qui leur restait.

Tandis qu'ils dévoraient ce repas, leur hôte, assis devant eux, continuait de les examiner, en les pressant de questions entremêlées de plaintes sur la misère qu'entraînaient les malheurs du temps, voulant sans doute justifier ainsi son hospitalité parcimonieuse.

Il les conduisit ensuite avec sa lampe, qu'il leur laissa, à la porte d'une étable adossée à la maison, et où étaient divers animaux, ainsi que les vestiges d'un misérable grabat.

D'autres voyageurs eussent pu trouver un tel logement peu confortable; mais nos deux proscrits venaient de passer plusieurs nuits exposés aux injures de l'air; aussi, loin de se plaindre, ils s'estimèrent si heureux d'avoir rencontré cet abri, qu'ils ne songèrent qu'à s'y établir le moins mal possible et à remercier Dieu de le leur avoir procuré.

Pressés de se coucher, ils quittèrent les pistolets d'arçon qu'ils portaient cachés sous leurs vêtements, les placèrent près du lit; puis M. Dussaulx, le premier, se mit à genoux, et commença la prière du soir. Brave jusqu'à la témérité sur un champ de bataille, ce jeune homme avait une foi vive au fond du cœur, et, quand il priait, sa voix était si douce, si pénétrante, que son ami ne l'entendait jamais sans émotion. Ce dernier se hâta donc de s'agenouiller auprès de lui; et leurs âmes, unies dans le même sentiment, s'élevèrent jusqu'au trône céleste.

Au milieu de cet acte de dévotion, que depuis longtemps ils aimaient à accomplir ensemble, un léger bruit vint les distraire. A l'aide de cette perception vague qui nous fait sentir plutôt que voir, sans détourner la tête, l'objet apparaissant à nos côtés, il leur sembla qu'une figure d'homme se dressait par une espèce de vasistas pratiqué dans le mur près duquel ils étaient à genoux. L'un d'eux se retourna vivement ; il ne vit plus rien. Cette apparition les ayant frappés en même temps, ils ne pouvaient douter de sa réalité ; aussi leur parut-elle d'abord assez inquiétante pour qu'ils se tinssent sur leurs gardes ; mais n'entendant, ne voyant plus rien, ils finirent par s'abandonner eux-même au sommeil, dont ils étaient accablés, et ils ne s'éveillèrent qu'au grand jour.

Ce ne fut pas sans une sorte d'hésitation qu'ils parurent devant leur hôte : son accueil peu gracieux de la veille, joint à la circonstance qui les avait inquiétés, leur faisait croire naturellement que cet homme les voyait chez lui avec méfiance ; grande fut donc leur surprise lorsqu'en l'abordant ils virent sa main calleuse tendue vers la leur, et sa dure physionomie s'éclairer en même temps d'un sourire plein de cordialité.

« Je gagerais que vous avez passé une excellente nuit, » leur dit-il en fixant sur eux un regard malin.

Rassurés sur ses dispositions, ils lui avouèrent en riant la frayeur qu'ils avaient eue.

« Eh! mais vous ne vous êtes pas trompés, reprit-il d'un ton grave; nous étions là, moi et mon cadet, le doigt sur la détente, et si vous aviez formé entre vous un projet de trahison... »

En même temps il regardait deux fusils appendus à la cheminée.

« Oui-da, continua-t-il, nous vous aurions détruits comme des chiens enragés, la chose est sûre; mais quand je vous vis à genoux, parlant chrétien, je dis à mon gars : Ce sont de bonnes gens, laissons-les.

— Quoi! vous nous eussiez tués! s'écria l'un des deux amis stupéfaits, des hommes sans défense!

— Et nous donc! s'écria brusquement le Breton, est-ce qu'on nous fait grâce? Le pays n'est-il pas couvert par ces patauds¹ qui ne cherchent que notre destruction? Si vous eussiez été de leur bord, c'était fait de nous; on nous eût fumés ce matin comme des renards, en incendiant la maison; ou bien on nous eût fusillés devant la porte. Les *messieurs*, d'ailleurs, ont un mot d'ordre que vous ne savez pas, puisque vous ne me l'avez pas dit; sans compter que j'avais vu vos pistolets... »

Ici les deux jeunes gens se regardèrent en disant :

¹ Espions.

« Il paraît que nous étions bien surveillés.

— Oui, en effet, répondit le paysan d'un ton radouci ; mais que ce soit sans rancune. Grâce à Dieu, vous déjeunerez mieux ce matin que vous n'avez soupé hier au soir. »

Plaçant alors sur la table du pain frais, du lard, des fruits et un cruchon de vin, il s'assit auprès de ses deux convives, et il écouta avec le plus vif intérêt le récit de tous les dangers qu'ils avaient courus depuis leur entrée en Bretagne.

Dussaulx termina ce récit en disant : « Si nous succombons, j'espère que le Ciel nous tiendra compte de l'impossibilité où nous sommes d'accomplir nos devoirs religieux : il y a six semaines que nous n'avons entendu la messe.

— Vous l'entendrez, s'écria le Breton tout joyeux ; oui, je vous le promets, vous l'entendrez demain.

— Vraiment ! malgré les patauds et les bleus, nous aurons une messe ! dit vivement M. Dussaulx : où donc, mon cher hôte ?

— Je ne dis ni où ni comment, reprit celui-ci ; vous le verrez. Ce qu'il y a de sûr, c'est que jusqu'à présent, grâce au bon Dieu, nous en avons eu une tous les dimanches. Ce n'est pas sans courir des risques ; mais de braves messieurs comme vous sont faits à cela. »

Comme il achevait ces mots, quelqu'un ouvrit la porte, et les proscrits reconnurent le jeune paysan qui la veille leur avait donné son pain et indiqué l'asile où ils se trouvaient alors si bien.

L'hôte, surpris, fixa sur le nouveau venu un regard de méfiance.

« Ne craignez rien, se hâta de dire M. Dussaulx dans l'élan de sa reconnaissance pour l'inconnu : ce digne garçon est des nôtres; c'est lui qui nous a sauvés de la faim, qui nous a envoyés chez vous.

— Le père Pol devrait me reconnaître, dit à son tour le jeune homme : je demeure à cinq lieues d'ici, et il m'a vu bien des fois; mais la mémoire lui fait faute apparemment.

— C'est bien possible, répondit l'hôte, que l'inconnu venait de nommer : puisqu'il en est ainsi, asseyez-vous, et mangez à votre appétit. »

Toujours guidé par ce sentiment de gratitude qui porte souvent un noble cœur jusqu'à un excès de confiance, M. Dussaulx demanda à l'hôte s'il ne permettrait pas que son nouveau convive vînt avec eux entendre la messe.

« Je connais la piété de cet honnête garçon, ajouta-t-il : et si vous croyez nous devoir un tel bienfait, père Pol, mon ami et moi nous le lui devons aussi pour les services qu'il nous a rendus. »

Un mouvement échappé au vieillard montrait assez que ces paroles lui avaient déplu, et qu'il eût voulu les retenir; mais il était trop tard. Puis elles exprimaient une si généreuse conviction, qu'il ne crut pas devoir articuler un refus; d'ailleurs le jeune paysan reprit aussitôt :

« J'irais volontiers avec vous ; mais je sais d'ailleurs le lieu où l'on s'assemble ; tous les dimanches je m'y rends. »

Cette déclaration, faite avec simplicité, acheva de rassurer Pol ; aussi ce fut avec autant de calme que de bienveillance qu'il engagea les deux proscrits à se tenir cachés durant ce jour dans son grenier, et il les y conduisit sur-le-champ, de peur de quelque surprise.

Étant revenu ensuite auprès du guide, il s'entretint et but avec lui, puis au bout de quelques instants ils sortirent ensemble, et un profond silence régna dans la maison.

Nous ne parlerons pas de l'ennui qu'éprouvèrent les deux jeunes gens dans leur cachette : heureusement il s'y trouvait un bon lit de foin qui leur permit d'oublier les heures de l'attente dans un sommeil réparateur.

Le soir venu, toute la famille, composée de plusieurs fils du vieux Pol, de leurs femmes, de leurs enfants, se rassembla bruyamment pour le souper ; toutefois, lorsque, la porte fermée, le père introduisit les deux étrangers, une froide réserve succéda aux élans de gaieté qu'on avait eus d'abord, et il fallut toute la bienveillance du maître pour que les deux amis ne fussent pas décontenancés par une réception si peu cordiale.

Après le repas, où chacun garda le silence, on fit passer à la ronde une gourde pleine d'eau-de-vie; puis le vieux Pol, ayant bu sa part, dit à ses convives :

« Ah çà! Messieurs, êtes-vous toujours décidés à être des nôtres?

— Très-sûrement, si vous le permettez, répondirent-ils.

— Eh bien donc! haut le pied, vous autres; allons, femmes, couchez vos marmots; et vous, garçons, prenez vos outils.

— Est-ce que nous partons ce soir? demanda avec surprise M. E. O.

— Oui-da, tout à l'heure, pour arriver plus tôt demain, répondit le Breton en riant : ce n'est pas que l'église soit petite; il y a place pour les derniers venus; mais c'est qu'elle n'est pas près d'ici. »

Décrochant alors une carabine à deux coups, il la mit au bras de M. E. O., en disant :

« Tenez, voilà votre livre de messe; et vous, prenez ce *paroissien*, » ajouta-t-il en donnant à M. Dussaulx un fusil de munition.

Cependant, au signal du père, les femmes avaient disparu avec les enfants; elles ne tardèrent pas à revenir enveloppées de leurs capes; les hommes se couvrirent de peaux de bique et prirent chacun un fusil.

« Voilà une cérémonie qui sent la poudre d'une lieue, dit en riant M. E. O. à son ami, avec lequel il était resté seul un moment durant ces préparatifs : armés ainsi jusqu'aux dents, nous avons plutôt l'air de bandits qui vont s'embusquer que d'honnêtes chrétiens qui se rendent à la messe.

— Ces précautions sont naturelles par le temps où nous vivons, répliqua M. Dussaulx; véritablement il y a quelque chose qui m'enflamme dans ce devoir rempli à main armée : quelle époque pourtant ! »

La famille étant rassemblée, une jeune fille destinée sans doute à la garde des enfants et du logis s'établit auprès du foyer, et aussitôt on partit. Un jeune garçon allait en avant en éclaireur ; venait ensuite l'hôte, accompagné des deux amis, puis les femmes; les maris formaient l'arrière-garde.

Fidèle à ses habitudes de circonspection, Pol n'avait donné aux deux proscrits aucun renseignement sur le lieu où il les conduisait; il se contenta, chemin faisant, de justifier leur équipage de guerre par les risques qu'il y avait à courir, et auxquels pourtant il espérait échapper, disait-il, à raison du secret parfaitement gardé jusqu'alors, et des précautions dont on s'entourait.

Ici nous allons reproduire textuellement les termes de M. E. O.

« Nous marchâmes ainsi près d'une heure, dit-il, et je m'y attendais; mais je ne comptais pas moins rencontrer au bout de ce temps quelque trace de l'édifice, de l'habitation où l'on devait s'arrêter. Or une grève interminable s'allongeait sous nos pas, et je voyais à l'horizon une ligne blanchâtre qui me fit l'effet d'un brouillard épais répandu sur les plaines. En même temps un air humide me frappait au visage.

« — C'est la mer, me dit Dussaulx. »

« Je reconnus, en effet, le sourd grondement des eaux, que je n'avais point encore remarqué.

« — Je renonce à deviner où l'on nous mène, dis-je à mon camarade.

« — Il doit y avoir par ici quelque grotte parmi les rochers, me répondit-il. Nous voilà comme les premiers chrétiens, qui priaient dans les catacombes. »

« J'allais questionner le vieux Pol en courant après lui ; mais il me saisit brusquement par le bras.

« — Malheureux ! vous alliez faire une culbute de cent pieds ; la falaise est à pic à trois pas d'ici : ne bougez point. »

« Je demeurai pétrifié, retenant Dussaulx, et n'osant mettre un pied devant l'autre dans cette obscurité. Le vieux Pol s'élança vers le milieu de notre troupe ; les hommes prirent les devants, nous soutenant de la voix et du geste ; et nous descendîmes un sentier qui s'allongeait sur cette effroyable pente, qui me rappelle aujourd'hui certain passage de la Ghemmi, dans les Alpes bernoises. Il fallut nous aider dans ce défilé comme des enfants ; les femmes elles-mêmes s'en tiraient mieux que nous.

« On ne mit pas moins d'une heure à descendre

cette échelle de roc. Quand nous fûmes arrivés en bas, des bruits assez rapprochés, des voix s'entr'appelant çà et là nous firent juger que nous étions plus nombreux qu'au départ. Notre hôte, qui nous avait quittés, revint vers nous.

« — Il faut attendre; vous pouvez vous asseoir, » nous dit-il, sans remarquer que nous marchions sur un sable humide où nous enfoncions jusqu'à mi-jambe.

« Heureusement je trouvai un quartier de roc à fleur de terre; j'engageai Dussaulx à s'y reposer près de moi; car nous avions grand besoin de reprendre haleine. Je crus qu'on passerait une partie de la nuit dans cet endroit, et je m'applaudissais de l'excellent sommeil pris pendant le jour en manière de précaution; mais bientôt j'entendis qu'on se disait les uns aux autres :

« — Debout! il est minuit. »

« L'entreprise était désormais trop avancée et nos gens trop affairés pour qu'il fût convenable de leur adresser des questions. J'appliquai toute mon attention à ce qui allait s'exécuter.

« — La mer est grosse, dit un des fils du vieux Pol.

« — Tant mieux ! » répliqua celui-ci.

« Cette réponse me semblait inexplicable, quand je m'aperçus qu'on se dirigeait justement du côté de l'eau. A vingt pas de là, nos hommes nous tendirent la main, et nous passèrent avec les femmes par-dessus le bord d'un canot; après quoi ils se

réunirent pour démarrer l'embarcation, et hi!
hisse! nous voilà sur l'eau.

« Il n'y eut que nous, Dussaulx et moi, d'inoc-
cupés à bord ; car ce n'était pas de trop de tous
les bras pour gouverner ce méchant bateau par
le temps qu'il faisait. Je me retenais des deux
mains sur mon banc, pour ne pas rouler comme
un boulet au fond de la barque, qui bondissait à
faire frémir sur les vagues grondantes. Un vent
furieux nous fouettait au visage des rejaillisse-
ments d'eau salée ; il ne fallait pas moins que
l'œil exercé de ces gens de mer pour voir à dix pas
autour de nous. Mais des nuages plus transpa-
rents éclaircirent bientôt la scène ; et, suivant la
direction des regards de Pol, qui veillait à tout,
je ne tardai pas à distinguer un bateau, puis deux,
puis trois, qui semblaient d'intelligence et lut-
taient comme nous contre le gros temps. L'attention du patron se tourna d'un autre côté.

« — Eh bien, Marie? dit-il à celui qui tenait la
barre.

« — Rien...; si fait..., tenez..., droit là-bas ! »

« Il étendit la main en biais. Je me dressai
comme eux, et je vis une clarté qui semblait s'al-
lumer et s'éteindre alternativement : c'était une
barque qui s'abaissait à temps égaux dans les
ondulations des lames. Elle s'avança gravement ;
tout y était dans un profond silence. Mais pendant que je regardais de ce côté, une autre ma-
nœuvre s'était rapidement exécutée autour de

nous. Les canots réunis se lançaient des amarres d'un bord à l'autre, et se retenaient à distance, sans risquer de se choquer, de manière à former un cercle, au centre duquel vint se placer la barque au fanal.

« A la vive clarté de ce luminaire, je pus voir que l'on faisait quelques préparatifs à l'avant de ce bateau, dont nous étions d'ailleurs fort proches. Quand les hommes qui s'occupaient de ce travail disparurent, nous découvrîmes sous le feu du fanal un autel couvert d'une nappe éblouissante et surmonté d'un crucifix. En même temps un vieux prêtre à cheveux blancs, et revêtu d'ornements sacrés, dont les dorures brillaient dans la nuit, parut, assisté de deux de ces pauvres pêcheurs; il fit le signe de la croix... A cette vue je tombai sur les genoux, les yeux gros de larmes, le cœur plein de reconnaissance et d'admiration. Dussaulx me serra la main. Tout le monde autour de nous était prosterné dans les bateaux. Cette scène ne sortira jamais de ma mémoire. Cette centaine d'hommes agenouillés entre le ciel et l'eau; cette mer mugissante, cédant encore une fois à la majesté du Sauveur des hommes; cet autel chancelant, qui n'avait plus un coin de terre où s'appuyer dans tout le royaume de France; la lampe qui n'éclairait dans l'obscurité que le pâle front du vieux prêtre et ses cheveux blancs agités par le vent; ces voix pieuses mêlées au bruit des flots; l'immense voûte du firmament servant de sanctuaire; ce parvis, qui n'était que les vagues du vaste Océan : je crois encore tout voir et tout entendre, et je ne pense pas qu'il se soit jamais vu de cérémonie plus grande et plus magnifique... Je renonce à peindre le moment où la sainte hostie s'éleva entre les mains tremblantes du vieillard, soutenu par ses deux assistants. Il me parut un instant que la voix de la tourmente n'était qu'un hymne digne du spectacle, et comme le chant de l'orgue à l'élévation.

« Deux ou trois hommes dans chaque embarcation n'avaient guère quitté l'aviron, dont ils cherchaient à garantir les barques qui s'entrechoquaient. L'un de ceux-là, qui était à côté de moi, se pencha d'un air effaré vers notre hôte :

« — Une chaloupe !

« — C'est impossible, dit le vieux Pol en se levant; je ne vois rien. »

« Il se remit à genoux, car la cérémonie tirait à sa fin; mais le même homme lui jeta sa main crispée sur l'épaule.

« — Je vous dis... »

« Une ligne de flamme éblouit mes yeux : après quoi, renversé dans le fond de la barque, je ne vis et n'entendis rien, sinon des détonations d'artillerie, des cris effrayants et des corps qui roulaient sur moi. Je redressai la tête et distinguai, à la clarté de la fusillade, les bateaux rompus et dispersés, des hommes à la nage, des femmes échevelées.

« — Rendez-vous! criait-on du bord ennemi, on ne tirera plus! »

« Mes yeux se reportèrent en ce moment sur l'autel. Le prêtre se retourna paisiblement, et dit d'une voix sonore en ouvrant les bras :

« — *Ite, missa est!*

« — *Deo gratias!* » répondirent les assistants.

« Je crus en même temps voir la barque s'abîmer lentement dans la mer. Plusieurs voix s'écrièrent :

« — Elle sombre... Monsieur le curé! Sauvez-le! sauvez-le! »

« La barque, criblée de boulets, sombrait en effet : une vague énorme la submergea. Le prêtre, cramponné à l'autel, se redressa encore, nous donna sa dernière bénédiction; puis il disparut, et une nouvelle décharge gronda sur sa tombe mouvante...

« A cette vue, le vieux Pol s'écria :

« — Mes amis, tournons-les, et à l'abordage! »

« Aussitôt les pêcheurs exécutèrent le mouvement indiqué. Bravant la mousqueterie de la chaloupe canonnière, ils y montèrent suivis des deux jeunes gens; un combat sanglant s'engagea; l'équipage était peu considérable; il fut défait et jeté à la mer.

« Un seul ennemi tenait encore : c'était le guide de nos fugitifs. M. E. O. le reconnut, et s'élança vers lui ; mais le vieux Pol, dont les deux fils les plus âgés avaient été tués, le prévint et donna le coup de la mort au traître.

« — C'est lui ! le misérable ! c'est lui qui nous a trahis, qui nous a vendus ! s'écria-t-il : voilà ce que c'est qu'un *pataud !* »

« En même temps il précipita le corps dans l'abîme.

« Puis on ramassa les morts et les blessés, et, lorsqu'ils furent tous transportés dans des canots, on mit le feu à la chaloupe. Ce fut à la sinistre clarté de cet incendie qu'on travailla à recueillir les femmes restées dans les barques et les hommes tombés à la mer.

« Bien que les pertes fussent peut-être moins nombreuses qu'on ne l'avait cru d'abord, on n'entendit, pendant ces recherches, que des gémissements et des cris lamentables.

« Enfin on se rembarqua ; le soleil vint éclairer cette scène de désolation. Dès qu'on eut touché la plage, tous ces braves gens se précipitèrent avidement les uns vers les autres pour se regarder, pour se compter... La pâleur au front, chacun cherchait un parent, un ami, un voisin...; c'étaient tour à tour des élans de joie, des sanglots déchirants ; c'était un deuil général, auquel on ne pouvait assister sans que le cœur se brisât.

« Stoïque jusque dans son désastre, le vieux Pol, après avoir présidé au débarquement, s'approcha des deux amis, et leur dit d'une voix brève :

« — Après ce qui est arrivé, on ne peut plus vous faire fête, Messieurs ; mais si vous voulez assister à l'enterrement de mes deux fils, ce sera bien de l'honneur... »

« Il ne put achever ; malgré lui ses pleurs se firent jour.

« Les deux amis n'osèrent accepter son invitation : ils craignirent d'être à charge à sa douleur, et le remercièrent, non sans lui donner les plus sincères témoignages de sympathie.

« — Eh bien ! donc, interrompit ce père infortuné en leur tendant la main, voilà mon dernier fils, il va vous conduire au château de Kéroulaz. Ce guide-là, vous pouvez compter sur lui, il ne vous trahira pas... Adieu ! méfiez-vous des patauds, et n'oubliez jamais de dire vos prières. »

Mme WOILLEZ.

FIN

TABLE

Le Vase de porcelaine. 9

Les Voleurs d'enfants. 19

La Fuite de Stanislas Leszczynski. 69

Une Messe pendant la Terreur. 85

7584. — Tours, impr. Mame.